ベリーズ文庫

離縁するつもりが、極上御曹司は
お見合い妻を逃がさない

佐倉伊織

JN250228

STARTS
スターツ出版株式会社

目次

離縁するつもりが、極上御曹司は
お見合い妻を逃がさない

代理のお見合いでご成婚？

「苦しい……」

料亭『味楽《みらく》』を前にして思わずつぶやく私、月島蛍《つきしまほたる》は、まるで丸太相手のように容赦《ようしゃ》なく締めつけられた帯にこっそり指を入れる。しかし、びくともしない。

今日は成人式以来、六年ぶりの着物を纏《まと》ったのだが、着慣れない上に『苦しくないですか？』という質問に、にっこり笑って『はい』と嘘《うそ》をついてしまったのがあだとなっている。

でも、着物であれば多少苦しいのは当然だと思ったのだから仕方がない。

帯の締めつけの苦しさに加えて、政治家も足を運ぶという高級料亭を前に緊張はピークに達する。

「酸素はどこ？」

そんな泣き言を言いたくなるくらい、まともに息が吸えないほどガチガチになっていた。

着物は大丈夫。髪も乱れていない。落ち着け、私。

心の中で何度も自分に言い聞かせる。

今日の着物は母が若かりし頃に着ていたという、淡い桜色の地に四季の草花や花《はな》鼓《つづみ》がちりばめられた訪問着。外交官である父のお供を海外でするときに、着物は役立ったのだそう。

胸のあたりまである髪は和服に合うように低い位置でまとめてもらった。少しは落ち着いた雰囲気が出ていることを期待したいが、慣れないことばかりであたふたしている。

「よし」

約束の十一時少し前。覚悟を決めた私は、味楽の立派な数寄屋《すきや》門をくぐった。

着物姿の仲居について、さつきが競うように咲き誇る庭が見える廊下を進む。どこからか漂ってくるい草の香りは、私の大好きなにおいだ。幼い頃、海外から帰ってくると、和室でごろごろするのが習慣だった。

いろいろな国に行ったが、やはり私は日本が好き。優雅な着物や趣のある建物、そして手の込んだ日本料理。こうした伝統文化を持つこの国はとても心地がいいのだ。

とはいえ、今はそれらを楽しむ余裕もない。

姿勢を正して視線は下げない。少しだけ口角を上げて笑顔をキープ。

何度も心の中で唱《とな》えながら長い廊下を進む。

とある部屋の前で膝をついた仲居が「お連れさまがいらっしゃいました」と中に声をかけた。

今日はお見合いなのだ。──ちょっと、訳ありの。

「どうぞ」

中から低い声が聞こえてきて、緊張を煽《あお》られる。

両手をそろえた仲居が静かに障子を開けると、男性が立ち上がりなぜか一瞬目を大きく見開いた。けれどもすぐに笑顔になり、軽く頭を下げてくれる。

身長は百八十センチほどあるだろうか。すらっとした体格ではあるけれど、肩幅が広く胸板も厚いせいか、ダークネイビーのスーツがよく似合う。紺地に小紋柄のネクタイもおしゃれだ。くっきりした二重の目は大きく、鼻筋も通っている。

五つ年上の三十一歳だと聞いているが、もっと若くも見え、一方で堂々としているせいかもっと年上のような気もする不思議な人だった。

「初めまして。津田《つだ》です。どうぞ」

「失礼します」

お腹の前で手を合わせて軽く会釈した私は、緊張で震える足を前に出して進む。すると津田さんは私のところまでやってきて「こちらです」と席へとエスコートしてくれた。

スマートな人なんだな。

父の転勤で私も海外に滞在していた経験があり、欧米の男性が女性をエスコートする姿をあたり前のように見てきた。けれども日本ではなかなか見られず、ドアを開けて自分が先に入ってしまうような男性も珍しくはないのに。

仲居に目配せした彼は、私が腰を下ろすと座卓を挟んだ向かいの席に座り、じっと見つめてくる。

「あっ、申し遅れました。月……竹内春奈《たけうちはるな》です」

危ない。緊張しすぎて自分の名前を言いそうだった。

実は今日は、同じ職場で働く竹内さんに頼まれて、見合いの代役をしているのだ。

「竹内、さん……。改めて、津田直秀《なおひで》です」

なぜか不思議そうな顔をした津田さんだったが、優しい笑みを浮かべて自己紹介をしてくれた。

それからすぐにふたりの仲居さんが料理を並べ始めた。

「竹内さんはお飲みになれますか？」

「たしなむ程度です」

本当の竹内さんはザルなのだけど、私はすぐに酔ってしまう。

「それでは乾杯だけでも」

「いただきます」

彼が徳利《とっくり》を私に差し出すので、お猪口《ちょこ》を手にして注いでもらった。お返しをして乾杯だ。

「今日の出会いに」

「乾杯」

出会いなんて言われて罪悪感が募る。

この見合いは、私の職場である野上《のがみ》総合病院、小児科病棟の看護師、竹内さんが来るはずだったもの。二十六歳の私よりひとつ年上の彼女は、四カ月ほど前に彼氏に振られてしまった。それから小児科の三十代後半の男性医師、松村《まつむら》先生に『誰か紹介してください』と言い続けてようやく実ったお見合いなのだ。

そこまではよかったのだけれど……なんと最近竹内さんに新しい彼氏ができた。それで見合いをするわけにはいかなくなり、長期入院中の子供たちが通う院内学級――あおぞら教室で教師をしている私に白羽の矢が立ったのだ。

私に男性の気配がないからという、なんとも微妙な理由でなのだけど。

断ればいいのでは？と尋ねたのだが、ドクターに拝み倒して実現した見合いのため気まずかったのだとか。だから、会ってみたけれど気が合わなかったと断るつもりらしい。

巻き込まれた津田さんもいい迷惑だろうな。わざわざ休日に出向いたのに、断られることが確定しているんだもの。

それも心苦しいので、できれば津田さんのほうから断ってほしいのが本音だ。

「竹内さん、どうかされました？」

「い、いえ。なんでもありません」

日本酒に口をつけてから固まっていたせいか、指摘されて慌てた。

「お料理、いただきましょう」

「そうですね。いただきます」

津田さんはいちいち私に微笑《ほほえ》みかけてくれる。

竹内さんの新しい彼氏に会ったことはないけれど、こんな素敵な紳士をお断りしてはもったいないような気もする。でも、彼氏のことが好きなのだから仕方がないか。

先付けの胡麻《ごま》豆腐や蒸し雲丹《うに》、翡翠《ひすい》なすはどれも上品な味で、思わず夢中になった。

胡麻豆腐を食べ終わりふと視線を津田さんに移すと、私をじっと見ていたので焦る。

「すみません。おいしくて夢中になってしまいました」

竹内さんの印象を損ねてはまずいのに。

ばつが悪くて視線をはずすと彼が口を開く。

「おいしそうに食べる姿がかわいらしいなと思って見入ってしまいました。私こそすみません」

かわいらしい？

そんなふうに言われた記憶がないので、妙に照れてしまう。けれど、社交辞令なんだろうな。

この人、女性の扱いに慣れていそうだ。

どう見てもモテそうなのに、どうして見合いなんて引き受けたのだろう。頼まれて仕方なく、なのかな。それなら、互いに断れてちょうどいい？

「お着物、よく似合ってますね。いつも着られるのですか？」

「とんでもないです。成人式以来で、慣れないので苦しくて。……あっ、すみません」

しまった。なにを話したらいいのかと戸惑っていたら、心の声まで漏らしてしまった。

クスッと笑った彼は、「帯、緩めますか?」と尋ねてくる。

「いえ、大丈夫です」

あぁ、ごめんなさい竹内さん。上品な女性の振りをしているつもりだったのに、早々にしてそうではないのがばれそうです。

「気分が悪くなったら遠慮なくおっしゃってください」

気遣いもできる人らしい。

「ありがとうございます。まだ大丈夫です」

「まだ……」

しまった。また余計なひと言を。

口元に手をやり笑いをこらえている津田さんの姿を見て、いたたまれなくなる。

料理はおいしいけれど、早く帰りたい。

「それじゃあ、私もいいですか?」

「はいっ?」

津田さんが突然尋ねてくるけれど、なんの話?

「先ほどから足がしびれていて、足を崩しても?」

「それは大変。もちろんどうぞ」

まさかの質問に笑いそうになり、すんでのところでこらえた。

「いや、そこは笑っていただけると」

「えっ？　……あはは」

彼がおかしそうに白い歯を見せるので、私もつられて笑ってしまう。

あれ？　息苦しかったのに収まってきた。

もしかして苦しかったのは、帯のせいというより緊張のせい？

「よかった。やっと笑ってくれた」

「……すみません。こういうのに慣れなくて」

私を笑わせるためにわざと言ったのかもしれない。それならばますます気遣いのできる人だ。

「私もです。堅苦しいのは苦手で。ふたりしかいませんし、リラックスして食べませんか？」

「そうですね」

竹内さんの身代わりなので絶対に粗相をしてはいけないと気を張っていたけれど、そもそも見合いが初めての私にそんな余裕があるはずもない。

背伸びしても失敗しそうなので、いつも通りでいいのかも。いや、むしろ失敗して断られたほうがいい？

そんなことを考えながら、食事を進めた。

「竹内さんは、看護師さんだとか」

「はい。小児科病棟で看護師をしています」

なんて、思いきり嘘をつくのが忍びない。

「お子さんばかりなのも大変でしょう？」

「そうですね。でも、子供たちは皆頑張ってるんですよ。大人でもしんどい治療に挑んでいるのに、お母さんが四六時中一緒にいられるわけでもない。一日中点滴につながれて、食べるものを制限されていたり、外に一歩も出られなかったり……。少しくらい泣いたりわめいたりしたって、大したことじゃない」

真剣に耳を傾けてくれる津田さんは、何度もうなずいている。

しまった。熱く語りすぎた。

「そうですよね。小さな体で病気と闘っている子供たちを支える竹内さんには頭が下がります」

「いえ、私はなにも……。私のほうが子供たちに勉強させてもらっているんです」

私は治療できるわけではない。ただ子供たちと一緒に学びながら、毎日小さな幸せを見つけられるように努力しているだけ。

「勉強？」

「はい。一日一日を大切に生きること。助けてくれる周りの人たちに感謝すること。彼らはなにも考えずともそれができるんです」

あおぞら教室の生徒たちの顔を思い浮かべながら話す。

「つらい治療を拒否してドクターたちを困らせることはあります。でも、ドクターたちも彼らの頑張りには脱帽《だつぼう》していて、心を鬼にして治療をしています。『先生なんて嫌い』と漏らす子もいますけど、内心は信頼しているんですよ」

院内学級に通うのは、基本二週間以上入院している子たちばかり。中には治癒の見込みが立たない子もいる。そんなストレスフルな生活を送りながら学んでいるのだから、愚痴《ぐち》のひとつやふたつ出るのは当然だ。

それを受け止めるのが私たちの仕事だと思っている。

「そうですか。竹内さん、やりがいのある仕事をしてるんですね」

「はい。私のほうがついていくので精いっぱいで」

まずい。完全に自分の仕事について語っていた。今は看護師の竹内さんなのに。

「津田さんはどんなお仕事を？」

竹内さんからサラリーマンだとは聞いた。ただ彼女も詳しくは知らないようで、『適当に話を合わせておいて』というハードルの高い要求をされている。

「私は医療機器や医療材料を扱う会社に勤めています」

津田さんは内ポケットから名刺を取り出して私の前に差し出した。

「株式会社ティーメディカル、第一営業部部長……」

三十一歳で部長なんて、できる人なのかしら。

医療関係の仕事をしていて松村先生を知っていたから、見合いに駆り出されたのだと腑《ふ》に落ちた。

「親会社が繊維を扱っておりまして、その技術を生かした医療材料なんかを販売しています。野上総合さんにもお世話になっているんです」

「そうでしたか」

看護師が扱う医療材料の中にもティーメディカル社の製品があるはずだ。でも私にはわからない。

この先の会話、うまく続くだろうか。冷や汗が出てきた。

「実は病棟にも時々お邪魔しているんですよ」

「え！」

自分でもびっくりするような大きな声が出てしまい、口を手で押さえる。

もしや、私が替え玉だと気づかれてる？

「カンファレンスルームで先生たちと面会することがあるんです。看護師さんも何人かは知っていますが、竹内さんとお会いしたのは初めてですね」

「そ、そうですね……」

ギリギリセーフ？

「高原《たかはら》さんとはよく話をするんですけど」

「高原主任！　とっても優秀な看護師さんですよね。私もすごくお世話になっていて……」

心臓血管外科のドクターを旦那さまに持つ高原主任は、知識が豊富で子供たちの精神的ケアも得意な頼れる看護師だ。

共通の話題があると安心したのもつかの間、すぐに顔が引きつった。

病棟に出入りしているのなら、そのうち私が竹内さんではないとばれてしまうのではないだろうか。

「実は外科の高原先生にもお世話になっているんです。ご夫婦そろって素敵な方で」

「そう、ですよね。理想のご夫婦です」

ビクビクしながら返したけれど、理想の夫婦というのは本音だ。

旦那さまもとても優秀なドクターで、なおかつとびきり優しい。時折小児科病棟に差し入れまでしてくれるようだ。奥さまの高原主任の顔を見に来ているという噂《うわさ》もあるのだけれど、そうだとしても愛情深い夫婦でうらやましい。

「竹内さん、ご結婚を考えられているんですよね」

「えっ？……はい」

見合いを申し入れておいて、考えていないなんて言えるわけがなくそう答えた。

「私、仕事に集中したくて結婚を考えてきませんでしたが、竹内さんとお会いしてその意識が変わってきました」

ちょっと待って！　断らないといけないのに、もしや気に入られてる？

でも、それほど深い話をしたわけでもないのに、気に入られる要素がどこにあったのかもわからない。

とにかく、この展開はとてもまずい。

「あっ、あのっ……。私、今日は猫かぶってますけど、普段はこんなふうじゃなくて……。なんというか、ただのじゃじゃ馬というか。えっと……」

慌てて口を開くと、彼の口角が上がる。

その笑みはなに？

「その言い方だと、私に嫌われたいように聞こえますが」

「いやっ、そう、じゃなくて……。えーっと、津田さんが今の私にいい印象を持ってくださったのなら、がっかりさせてしまうかなと」

しどろもどろになりながら言葉を紡ぐものの、自分でもなにを言っているのかわからない。

「そうでしょうか？　正直に言いますと、見合いをと言われて気乗りしませんでした。でも、こんなに美しい女性が来てくださってお受けしてよかったと思っています」

私を見つめる津田さんの眼差しが熱くて、心臓が暴走を始める。

「あ、ありがとうございます」

どうしよう。ピンチだ。嫌われる方法を考えないと。

「すみません、私も足がしびれてしまって。崩してもいいですか？」

「もちろんです」

まずは、清楚なお嬢さまの振りはやめよう。

足を崩した私は、運ばれてきた海老の霞揚《かすみあ》げに手を伸ばす途中でわざと箸を落としてみせた。

するとは彼はハッとした様子で私を見たあと、なぜか笑いを噛《か》み殺している。

「ごめんなさい」

「いえいえ。霞揚げ、おいしいですよね」

「霞揚げって、なんなのでしょう」

仲居さんが霞揚げだと紹介していったが、本当はどういう料理なのかわかっていない。

「あられやせんべいを砕いて衣にした揚げ物をいいます。柿の種を使う料理人もいるらしいですよ」

「わー、やってみよう」

しまった。素で話してしまった。

「……なんて、実は料理は苦手で。私にはとても無理でしょうけど」

こんな一流の料理はもちろんできないけれど、一般的な家庭料理くらいなら作れる。ただ、今は苦手なことにしておいたほうがよさそうだ。

「霞揚げができないからって苦手なわけではないでしょう？　料亭と同じものができたら、看護師じゃなくて板前として働けますよ」

津田さんは楽しそうに自分も霞揚げを口に運んだ。

「間違いないな、ここの料理は」

「そう、ですね」

目を細めて咀嚼《そしゃく》する彼は、私のフォローまでしてくれる優しい人らしい。

でも、今はそのフォローはいらないの！　〝あなたに霞揚げなんて作れるわけがない、厚かましい〟と思ってくれたらいいのに。

困ってしまった私は、それからは黙々と料理を口に運んでいた。不愛想な人間だと思わせようと考えたのだ。

ところが、料理のおいしさには敵わず、食べた瞬間に笑みがこぼれてしまったり、思わず「おいしい」と漏らしてしまったりするありさまだ。そのたびにしまったと思うのだけれど、普段は口にできない料亭の味に唸《うな》らずにはいられない。

「竹内さんは、趣味などありますか？」

定番の質問が来た。

「まったくないんです。仕事に疲れて家に帰るとバタンキューで。家と病院の往復だけで、なんのおもしろみもないんですよ」

「それだけお仕事に力を注いでいるという証《あかし》ですよね。素晴らしい。看護師さんは体力的にも大変な仕事ですし、よくわかります」

「あ……」

つまらない人間だとアピールしたつもりなのに、そんなふうに返されては困る。

笑顔を作りながら内心困惑していると、なぜか彼は口元を押さえて笑っているように見える。

どういう反応？　いっそおかしな人だと思われたいけれど、彼の胸の内がまったくわからない。

「津田さんは、ご趣味は？」

「私もこれといってないのですが……。体を動かすのは好きですね。休日にジムに行ったりなんかして」

その厚い胸板は筋トレの賜物《たまもの》というわけか。脱いだら腹筋が割れているのかも、と思わず想像してしまい、慌てて打ち消した。なんてはしたない。

「ジムなんてすごいですね。私は運動はからっきしダメで。なかなか趣味が合いませ――」

「私が効率のいいトレーニング方法をお教えしますよ。筋肉がつくと太りにくいですし」

『趣味が合いませんね』で終わらせたかったのに、思いきり遮られた。

「……太りにくいのは魅力的ですね」

これが身代わりの見合いでなければ、効率のいい筋トレを教えてほしいところだ。

仕事中も立ちっぱなしで腰がつらくなるため、高原さんに相談したら、『筋肉つけるといいよ』と言われたばかりなのだ。

それに、太りにくいなんてパワーワードには飛びつきたくなるものでしょう、普通。

とはいえ、わざと話を合わせないようにしているのに、彼のほうは気にする様子もない。

津田さんって何事にも前向きな人なのかしら？　そういうところは見習わなくてはと思うけれど、別の出会い方をしたかった。

「私もムキムキに鍛えたいわけではないんです。でも、体を動かしていると調子がいいですし、ストレス発散にもなります。よければ今度一緒にどうですか？」

「そうですね……」

次の約束なんて取りつけたらダメ！

心の中で叫んでいるのに『お断りします』と言える雰囲気ではなかった。

気まずい思いをしながらも、出てくる料理がどれも上品でしかも味もたしかで、少し食べすぎてしまった。

なにやってるんだか。おいしいものに目がないのも罪だ。

「そろそろ出ましょうか」

「はい」

ようやく終わった。

相手に嫌われて断ってもらうという計画は失敗に終わったようだ。こうなったら、こちらからお断りする作戦に切り替えよう。

罪の意識が募るものの、私は竹内さんではないのだから仕方がない。

津田さんは最後まで紳士で、しっかりエスコートしてくれた。

「どうぞ」

味楽の数寄屋門の前に滑り込んできたタクシーに誘導されて、「本日はありがとうございました」と頭を下げる。

どう断ろうかと考えあぐねていたものの、まったくそんなタイミングがない。名刺をもらったので連絡先はわかるし、お断りは竹内さんに任せてしまおう。今後はうっかり顔を合わせて身代わりだったと気づかれないためにも、カンファレンスルームに近づかないように気をつけなければ。

「こちらこそ」

にっこり微笑んだ彼だけど、私を乗せると隣に滑り込んできた。

「えっ……」

「見合いは終わった。それで、いつ素顔を見せてくれるんですか？　月島先生」

津田さんは私に鋭い視線を送り、怒ったような口調で尋ねてくる。その言葉で、私が竹内さんの代役だと気づいているのだと悟った。

しかも月島先生って。……ということは、院内学級の教師だということまでお見通しなの？

「……すみません」

もうなにも言い訳できない。深々と頭を下げると、彼は運転手にどこかの住所を告げている。

それからしばらく沈黙が続いたが、走りだしたタクシーが大通りを左折したとき彼は再び口を開いた。

「わかってる？　俺がどんなに大変だったか」

怒ってる……。

忙しいのに時間を作ったのだろう。それなのに見合いの相手が代役だったなんて、怒りが爆発したとしても文句は言えない。

「申し訳――」

「俺がどれだけ笑いをこらえるのが大変だったか」

「わ、笑い？」

思わぬ発言の意味が呑《の》み込めず瞬きを繰り返していると、彼はニヤリと笑う。

「わざと箸を落としてみせるし、趣味が合わないとアピールしようとするし」

全部わかっていて、あの切り返しだったんだ。

彼のほうが一枚も二枚も上手だったらしい。

それにしても、タクシーに乗ってから物言いがフランクになったような。

「重ね重ね、すみません」

「それで、猫をかぶっていないほうの月島さんが知りたいんだけど」

「は？」

彼は意味深長な笑みを浮かべる。

「俺はこっちが素。月島さんは事情聴取ね。逃がさないからよろしく」

なるほど。〝私〟と言っていたのは見合い用の顔で、〝俺〟と言うのが普段の彼なのか。それにしても……。

「事情聴取といいますと？」

「その着物姿、ずっと見ていたいくらいだけど苦しいだろ？　とりあえず着替えようか」

「はい」

たしかに苦しい。この姿では気を抜けないし。けれども、着替えるってどこに行くつもり？

質問したいことだらけだけれど、嘘をついていた手前こちらからは聞きにくい。私は黙って車に揺られていた。

タクシーはやがて繁華街に差しかかり、大きなビルの前で止まる。

カードで支払いを済ませた津田さんは、先に降りて私に手を差し出した。やはり動作がスマートだ。海外経験があるのかもしれない。

タクシーから降りたあと手を離したのに、彼に再び握られて今度は腕をつかまされてしまった。

「足、痛いんじゃない？　鼻緒は指で挟むようにしてみて。奥まで足を入れると擦れるから」

そうだったのか！

そんなことまで知っているとは、と感心したが、それより慣れない草履《ぞうり》のせいで指と指の間の皮がむけて痛むことにいつ気づいたのだろう。

実は約束の時間より早く着きそうで、味楽から少し離れたところでタクシーを降りて歩いたのだ。緊張を和らげたいのもあったのだけれど、かえって緊張が増した上、足の皮までむけてしまうという大失態。とはいえ、足袋の上からは見えないのに。

「どうしてご存じなんですか？」

「さっき、草履をはいたときため息をついたよね」

そうだっけ？　まったく無意識で記憶にない。

「それに、歩きだした瞬間、笑顔が消えた」

たしかに、またこの草履で歩くのかと身構えたけれど、そんなふうに観察されていたとは知らなかった。

「その通りです」

「靴も用意してもらうから、少し我慢して」

靴？

話が読めないものの、ふと目の前のビルを見上げて気がついた。

「ブランピュールだ」

「知ってる？」

「もちろんです。あこがれのブランドですから」

少し値段が張るので、欲しいと思っても気軽には買えない。ボーナスが出たときに頑張った自分へのご褒美として購入するようなブランドだ。

「ここでいい？」

「ここって、私の着替えですか？」

「そう。ここしか知らないんだ。行こう」

私の手を軽く押さえて進みだした彼に慌てる。

「待ってください。ここで全部そろえたら、今月のお給料が飛んでいきます」

「俺が払うから心配しないで。その代わり俺の趣味でいい？」

「趣味？」

もしかして、変なコスプレでもさせられる？と顔が引きつったけれど、ブランピュールにそんな洋服は置いていない。

「そう。今日は……」

彼は足を止め、私をまじまじと見つめる。

なんなの？

「かわいい系にしようか。月島さん、いつもわりと地味だから、もう少しキラキラした感じの」

いつも地味って……。そんなに何度も私を見かけていたの？

それなら最初から言ってよ。あの冷や汗はなんだったんだろう。

「でも、お支払いいただくわけには……」

「将来の妻への投資なんだから別にいいだろ」

今、なんと言ったの？

「妻？」

「そう。見合いしたじゃないか。俺、気に入ったんだ。狙った獲物は逃さないタイプだから覚悟して」

余裕綽々《しゃくしゃく》で言い捨てる彼は、呆気《あっけ》に取られる私を「行こうか」とエスコートする。

「あの……嘘をついたのは本当にごめんなさい」

「別に怒ってないからもう謝らなくていい。ただ、結婚はしてもらう」

「な、なんで？」

彼の腕から手を離そうとしたのに、あっさり捕まった。

私の行動、読まれてる。

「見合いしたから」

「ですからそれは！」

「着替えてから話そう」

彼が周囲に視線を送って言うのは、注目を浴びているからだ。自分が着物姿だというのを忘れていた。やはり着物は目立つ。

混乱したまま足を踏み入れたブランピュールの旗艦店は、想像以上に広くて目移りするほどの洋服が並んでいた。

津田さんが迷いもせずにまず選んだのは白いシャツ。それに合わせるスカートをいくつも手に取っている。

「これだと大人っぽすぎる。こっちだな」

ロイヤルブルーのレースのタイトスカートを置いて、代わりに決めたのはダスティピンクのフレアスカート。たしかにかわいらしいコーディネートだ。

ただ、この歳でかわいいを追求するのもどうだろう。

「もう少し地味な感じが……」

控えめにささやくと、彼は私にスカートをあてて首を横に振る。

「絶対に似合うから着てごらん。先生が元気じゃないと子供たちに伝わるぞ。最近少し落ち込み気味だろ。こういう明るい色を身に着けて、まずはテンションを上げることだ」

彼は素知らぬ顔でそう言うが、私の気分が沈んでいるのをどうして知っているの？

実は私が担任している小学校三年生の男の子が、病状が思わしくなくて院内学級に通えなくなってしまったのだ。子どもたちは治療優先のため、こうしたことは珍しくはないのだけれど、あおぞら教室でもうすぐ予定されている遠足を楽しみにしていた彼がふさいでしまっているのがいたたまれない。

「そう、ですよね。着てみます」

私は素直に洋服を受け取り、試着室で着替え始めた。

着物を脱いで、ピンクのスカートをはいた鏡に映る自分を見つめる。

顔に出てる？

その男の子は今週の水曜にドクターストップがかかってしまったのだが、ほかの生徒を動揺させてはいけないと明るく振る舞っていたのに。

教師、失格だ。

津田さんは、ドクターに面会に来たときに私を見かけたのだろうか。それだけで気持ちが落ち込んでいるのに気づく洞察力もすごい。

「月島さん、どう？」

カーテンの向こうから津田さんの声がする。

彼が言う通り、仕事柄いつもは地味目の洋服が多かったので、落ち着いた色とはいえピンクのスカートはくすぐったい。でも、待たせるのも悪くてカーテンを開けた。

すると津田さんは私をまじまじと見つめて黙り込む。

「……似合わない、ですよね」

沈黙が苦しくて自分から言うと、彼は目を見開いて驚いている。

「いや、見惚《みと》れてたんだ、ごめん」

見惚れてた？

「すごくいい。月島さんはこういう雰囲気のほうが似合ってる。いつもの紺のパンツ姿も凛々《りり》しくていいけど」

やはり私のことをよく知っているようだ。あおぞら教室では無難で着回しの利く紺のパンツをしばしば着用していて、何本か持っているのだ。

「あ、ありがとうございます」

「足、痛むだろうからヒールなしにしてもらったよ」

「そんな配慮まですみません」

本当によく気がつく人だ。

「着物、クリーニングに出していただけます？」

津田さんは隣にいた店員さんに話しかけているけれど、さすがに無理だろう。ここで購入したわけではないし、ブランピュールは洋服しかないはずだ。

「かしこまりました」

しかし、あっさり了承した店員に驚く。

「一ノ瀬《いちのせ》に、俺の自宅に送ってくれと言っておいて」

「承知しました」

なんの会話が続いているのか理解できない。

「クリーニングって……」

「あぁ、ブランピュールは最近和服の分野にも進出してるんだよ。今はまだ花嫁衣裳ばかりだけどね」

それは知らなかった。

「一ノ瀬さんというのは？」

「ここの社長兼メインデザイナー。ちょっと知ってて」

「えっ！」

それでここに連れてきたのか。そんな偉い人を知っているとはびっくりだ。

「さて、行こうか」

「……はい」

いろいろ呑み込めないことだらけだけれど、再び彼に腕を出されたので控えめに手をかけた。恋人同士みたいで、おどおどしてしまう。

「すみません。おいくらですか？」

どうやら支払いは済んでいるようだ。彼に恥をかかせないように店を出てから尋ねると「俺が払うって言っただろ」と素知らぬ顔。

でもこのスカート、二万九千八百円という値札がついていた。今月は食費を切り詰めなくてはと覚悟したのに。

「ですけど」

「一ノ瀬の売上に貢献しただけだし、妻を着飾らせたいと思ってなにが悪い」

また妻と言われて、困惑しかない。

「その妻というのは……」

「まあ、とりあえず乗って」

「はい。これからどちらへ？」

問うとタクシーを止めた彼は少し考え込んだ。

「うーん、そうだな。込み入った話をしたいから、俺の家でいい？」

「よくないです！」

見合い相手の家に、見合い当日に行く人なんているだろうか。さっきから妻がどうとかと話しているけれど、意気投合して結婚しましょうということになった記憶もない。

「だけど、カフェでは叫びたくても叫べないぞ」

「叫ぶんですか？　私」

なにを？

「多分ね。それじゃあ月島さんの家？　ご家族と一緒に住んでる？」

「ひとりですけど、絶対ありえません！」

味楽での紳士的な印象と随分違う。無茶ぶりがすぎて、クラクラしてきた。

「目立ってるから乗ろうか」

「あ……」

痴話《ちわ》げんかでもしているように見えるのかもしれない。また周囲の視線を集めているのに気づいて、素直にタクシーに乗り込んだ。

「いきなり手を出したりはしないから。松村先生の手前もあるし」

警戒心たっぷりの眼差しを向けていると、津田さんは苦笑している。

たしかに、松村先生の紹介なのだから先生の顔を潰すようなことはしないかもしれない。ティーメディカル社との取引がどれくらいあるのかは知らないけれど、そんなことで契約が飛んだら困るだろうし。

「月島さんにも説明責任があるよね」

彼はニヤリと笑う。それを言われると言い返す言葉もない。やっぱり、拝《おが》み倒されたからって身代わりなんてすべきじゃなかった。

「……わかりました」

「よし。それじゃあ俺の家に行こう」

渋々承諾すると、彼は上機嫌で運転手に自宅の住所を告げた。

そこから約二十分。海沿いにそびえ立つタワーマンションに目を奪われている間に、タクシーはエントランスに滑り込んだ。

「ここ、ですか？」

「そう。気に入らない？」

タクシーを降りて尋ねると、そんなふうに言われて首を激しく振る。

「まさか。津田さんって何者なんですか？」

若くして営業部部長だなんてできる人だなと思ったけれど、いくら部長でもこれほどのマンションに住める人はそういないはずだ。

「何者？　うーん。普通の男だけど」

私とは〝普通〟の基準が違いそうだ。

「こっち」

スタスタ歩きだした彼についていくと、またスマートにエレベーターに乗せてくれた。そして着いたのは四十三階。こんな立派なマンションの高層階に住めるなんて、やはり普通じゃない。

「どうぞ」

驚き通しの私とは対照的に涼しい顔をした津田さんは、とある一室のドアを開けて中に入れてくれた。

いきなり大理石の玄関ホールに出迎えられて気後れしてしまう。

廊下の白い壁には絵画が飾ってあり、促されて進んだ先のドアから太陽の光がこぼれていた。

「適当にくつろいで」と言いながら、彼はそのドアを開ける。

「すごい……」

言葉にならないというのは、こういうことをいうのだろう。私の部屋の何倍かある広いリビングは大きな窓が印象的で、まるで空に浮かんでいるような錯覚を感じる。

私は吸い寄せられるように窓際まで進んだ。そこから見えるのは、水平線まで続く海。アザーブルーの空を切り裂くように飛行機が飛び立っていく。

心の琴線《きんせん》に触れるとでもいうのか、あまりに美しい光景に声すら出なくなった。

「気に入った?」

「はい」

「俺も。この景色を見て即決したんだ」

即決できるほどの財があるのがうらやましい。

「実は弟がパイロットを目指していて」

「そう」

「今は訓練のためにアメリカにいます」

驚く彼に伝えると、かすかに微笑みながらうなずいている。

「弟さん、夢に向かって頑張ってるんだね」

「はい」

津田さんが弟を褒めてくれるのがうれしかった。

「コーヒーでいい?」

「お構いなく」

それから黒いふかふかのソファに座って待っていると、コーヒーとクッキーを出してくれた。

「どうぞ」

「ありがとうございます」

彼は私の隣に腰かけ、コーヒーを口にする。

「広すぎて落ち着かないです」

「住んでいればすぐに慣れるよ」

まるで私がここに住むような言い方をされて、戸惑いを隠せない。

「先ほど妻がどうとかおっしゃっていましたが、あれは?」

「見合いしたんだし、結婚しよう」

平然とした顔でカップをソーサーに戻した津田さんは、顎《あご》がはずれそうになっている私に視線を送る。

「お見合いしたからといって結婚する必要はないですよね」

「そうだね。でも結婚したっておかしくない」

その通りで、ぐうの音《ね》も出ない。

「俺は月島さんが気に入ったんだ。結婚してほしい」

これはプロポーズなの？　たかが三時間ほど前に初めて顔を合わせた人が言うセリフ？

「ちょっと待ってください。結婚だなんて急に言われても」

「結婚する意思があったから見合いに来たんでしょ？」

なるほど。さっきは怒っていないと話していたけれど、内心はだまされて怒りが渦巻いているんだ。それでちょっとした仕返しをしているに違いない。

「竹内さんの振りをしたのは本当に申し訳ありません。なんとお詫《わ》びをしたらいいのか」

「竹内さんが望んだ見合いだと聞いている。松村先生に面会に行ったら、ちょうどいいタイミングだったらしくて頼み込まれたんだけど……」

そうだったのか。見合いを催促されていた松村先生にとってはよくても、彼にとっては最悪のタイミングだったのかもしれない。この口ぶりでは、見合いなんてしたくなかったようだし。

「そう、なんですけど……。竹内さん、最近彼ができたみたいで。松村先生に何度もお願いした手前、断りづらかったそうです。でも交際相手がいるのにお見合いにも行けなくて、代わりに私が」

もう正直に話すことにした。身代わりで見合いに出るという失礼な行動をしたのは言い訳できない。

「身代わりなんて間違ったことをしました。本当にすみません」

もう一度深々と頭を下げたものの、なんの反応もない。おそるおそる顔を上げると、彼は私をじっと見ていた。

「月島さんは、どうして代役を引き受けたの？」

「……今、お付き合いしている男性がいないのと、竹内さんに借りがあるんです」

「借り？」

津田さんが首を傾げて先を促す。

「同じ病気で入院しているひとつ違いの中学生の女の子たちがいるんですけど、病気も同じ、年齢も近いということで同室だったんです。ただ、片方の女の子の居心地が悪そうで、師長に部屋を変えられないかとお願いしました。でも、仲がいいんだからこのままでと言われてしまって」

三カ月ほど前に病棟の師長が交代した。前師長なら『わかった』とふたつ返事だっただろう。しかしまだ私たちの役割をよく理解してもらえていない今の師長には、部外者が口を出してきたと思われたようで、却下されてしまったのだ。

「竹内さん、彼女たちの担当ナースなんです。それで、竹内さんを通して師長にお願いしてもらったら、ようやく部屋を変えていただけました」

「そう。だけど、仲がいいのにどうして居心地が悪いの？」

彼の質問は当然だ。師長もそう思っていたのだから。

「年上の早苗《さなえ》ちゃんは、年下のあゆみちゃんより少し症状が重くて調子を崩すことが多いんです。早苗ちゃんは、同じ病気のあゆみちゃんが元気に過ごしているのに、自分は我慢が足りないんだと思ってしまっていて」

院内学級を訪れたとき、なんとなく気分が沈んでいるように見えたので何度かに分けて話を聞いた。最初は頑《かたく》なに口を閉じていたが、『私は我慢が足りないのかな？』と突然泣きだして驚いたのだ。

「病状はそれぞれ違うし、痛みの感じ方も異なります。だから早苗ちゃんの我慢が足りないなんてことは絶対にないと伝えても、納得しなくて。同じ病気で、気をつけなければならないことも、使う薬もほとんど同じ。大人はそれならわかり合えると勝手に思いますけど、そうじゃないことだってあるんです」

気がつけば熱く訴えていた。けれど、彼は嫌な顔ひとつせず耳を傾けてくれる。

「そうか。難しい問題だ」

「はい。それで四六時中一緒にいないほうがいいんじゃないかと思って。病室を分けてもらったら、早苗ちゃんにも笑顔が戻ってきました。あゆみちゃんと自分を比べて苦しまなくてよくなったんだと思います」

「なるほど。それが借り?」

竹内さんには何度か師長と話し合いの場を持ってもらった。私の力ではどうにもならなかったと思う。

「そう、です。でも、津田さんにしてしまったことはとても失礼だったと思います。本当に――」

「やっぱり結婚しよう」

私の謝罪を遮った津田さんの発言に耳を疑う。今の会話の流れで、どうしてそうなるの?

「それはちょっと……」

『ありえません!』と言いたいところだが、だましたという罪悪感が声を小さくさせた。

「付き合ってる男いないんだよね？」

「そうですけど、だから結婚っておかしいです」

彼は先ほど『カフェでは叫びたくても叫べないぞ』と意味深長な発言をしていたけれど、たしかに叫びたい気分だ。

「そうかな。俺は見合いをして気に入った。その日に結婚を即決するほどね」

口角を上げる彼は当然のように話す。しかし違和感がありありだ。だって、嫌われようと必死に画策していただけなのだから。

「おかしいですって」

ムキになる私とは対照的に、落ち着き払っている津田さんはコーヒーカップに手を伸ばして再びのどに送っている。

「正直に言うよ。俺、結婚には興味がなくて、家庭を持つ必要はないんじゃないかと思ってた」

「え……」

それまた衝撃の告白だ。そんな人が見合いに来たのは、やはり松村先生の顔を立てるためなのかしら。

「自分で言うのもなんだけど、仕事人間でね。結婚すると、自由が利かなくなって、仕事に支障が出るだろうと」

たしかに、そうしたリスクはあるかもしれない。妻だけならまだしも、子供を授かればパパという仕事もオンされるのだし。残業や休日出勤ばかりしているわけにもいかなくなるだろう。

「でも、年齢を重ねるごとに周囲が放っておいてくれなくなる。家庭を持ってこそ一人前だとか、どういう理論なのかさっぱりわからないことで責められて、とある縁談を受けろとしつこく迫られているんだ。それこそ仕事に支障が出て困ってる」

たしかに、周囲があれこれ言ってくるのはよくわかる。『そろそろ結婚しないの？』と気軽に尋ねてくる人もいるけれど、悪気はなくてもげんなりしてしまう。今は仕事に集中したいだけなのに、結婚適齢期というものを気にする人には理解してもらえないのだ。

「それはわかります。私も友達が結婚するたびに言われるんです。それで『この人と付き合ってみない？』なんて、適当に独身同士をカップリングされたりして。最近もちょっと……」

「ちょっと？」

「学生時代の友人が、私と彼女がいない男性をくっつけようとして、しょっちゅう連絡が来ていたんです。先日も三人で会おうと言われて行ったら、その男性とふたりだったし」

友人が彼氏のいない私を心配してくれるのはありがたい。ただ、その気もないのに呼び出されても困るのだ。

「その男とは付き合う気はないの?」

「はい。悪い人じゃないんですけど、会ってお話ししても会話が弾まないというか、価値観が違うというか……。結婚したら妻には家庭に入ってほしいらしいのですが、仕事を辞めるなんて考えられなくて、お断りしました」

そう反応すると彼は深くうなずいた。

「一致したね」

「なにがですか?」

「俺も月島さんも、仕事に集中したい。周りからあれこれ余計なことは言われたくない」

たしかに、そこは一致している。

「結婚してしまえば、もう縁談をすすめられない。月島さんも余計な声に振り回されないで済む」

「そう、ですけど……」

だからといって、今日初めて会ったばかりの人と結婚なんて考えられない。

「ここでよければ引っ越してくればいいし、生活費も俺が出す。もちろん、月島さんの仕事を邪魔したりしない」

それは魅力的な条件だけど、どうして私？

「津田さんならほかにも結婚してくれそうな女性がいるんじゃないですか？　私じゃなくても……」

「さっき、嫌われようと必死だっただろ？　俺に好意を抱いてくれる人に、こんな結婚は持ちかけられない」

たしかに、そういう女性に愛のない結婚を持ちかけたりしたら、傷つくかも。

「うーん」

とはいえ、簡単に承諾できるものではない。

「一年」

「一年？」

「そう。一年でいい。一度結婚すれば、周囲のざわつきも収まるだろう。離婚しても、やっぱり結婚に向いてなかったんだと納得するはずだ」

それは、離婚を前提とした結婚をするということ？

想像のはるか上を行く提案に、驚くばかりだ。

「家事も強《し》いないし、月島さんが仕事に集中できるように環境も整える。君にとっても悪い話じゃないと思うけど」

「そんな……」

私はしばし考えた。

一年契約の結婚なんて聞いたことがない。けれども、かなりいい条件だ。

私は地域にある小学校からあおぞら教室に派遣されている。もともとその小学校で教師をしていたのだけれど、院内学級への異動を希望して今は常勤となった。

そもそも私が院内学級で働きたいと思ったのは、海外での経験が大きい。海外の学校では、車いすに乗った子も、学習に困難がある子も、当然のように同じ教室で学ぶ。手を借りる必要があるときはサポートをする人がいたし、もちろん私たちクラスメイトも手伝いをした。

アメリカの小学校で仲がよかった友人は、白血病と闘っていた。治療により寛解《かんかい》して復学したあと、学習の遅れを取り戻すためによく一緒に勉強した。彼女が日に日に笑顔を取り戻していく様子がうれしくて、教師になると決めたのだ。

院内学級の教師としてはまだまだ勉強途中で、至らないのはわかっている。けれど、結婚して辞めればいいなんていう気持ちは微塵《みじん》もない。体だけでなく心も傷ついている子供たちに向き合うのに生半可な気持ちではいけないと覚悟を決めたつもりだ。津田さんの言う通り、結婚してしまえば合コンに駆り出されることも、友達に男性を紹介されることもなくなる。

友人たちは『仕事ばかりでつまらないでしょう?』とあきれているけれど、今の仕事は私の夢であり、生きがいでもある。今は仕事に集中したいのだ。

「津田さんは、私と結婚して後悔しませんか?」

承諾したとして、やっぱりやめておけばよかったなんて思われたらいたたまれない。

「もちろんしない。正直、媚《こ》びてくるような女ならこんな提案しなかった。まだ少しだけど、月島さんと話してしっかり意志のある人だとわかったし、仕事を大切に思っているのも好印象だ。うちの会社にも結婚相手を探しに来ているような女性がいるが、はっきり言って邪魔なんだ」

紳士的な振る舞いをする彼の口からかなり厳しい意見が出て、背筋が伸びる。けれども、真剣に仕事に向き合っている人から見たらそうなるのだろう。

「そうでしたか」

「あぁ、すまない。少し感情的になってしまった。それで、俺のことが嫌いではないなら受けてもらえないだろうか」

好きか嫌いかなんてまだわからない。ただ、彼とならやっていけるような気もする。

「わかりました」

そう答えた瞬間、頬を緩ませた津田さんが私の手を握るのでビクッとしてしまった。

「ありがとう。でも夫婦になるんだから、これくらいのスキンシップでおどおどされては困るな」

「……はい」

そう言われても、愛を育んできたわけではなく、つい数秒前に結婚を承諾しただけなのだし。

「月島さん、下の名前は？」

「蛍です」

「それじゃあ、蛍」

いきなり呼び捨てにされて、心臓の音がうるさくなる。いや、夫婦になるのだから平然と受け入れなくては。

「はい」

「あははは。引きつってるよ」

白い歯を見せる津田さんは、私の頬をトントンと指でつついた。

「す、すみません」

この人、千里眼でも持っているのかしら。隠しごとなんてできそうにない。

「謝らなくても。俺は直秀」

「はい、先ほどお聞きしました」

「うん。そうじゃなくて、催促してるつもりなんだけど」

催促？

「あっ！」

つまり、下の名で呼べと言っているんだ。

「どうぞ」

にこっと笑って身構えられては、余計に緊張してしまう。

「あの……あっち向いててください」

「いや、それはちょっと」

おかしそうに肩を震わせる彼が、もう一度「どうぞ」と言いながら視線を合わせてくるので照れくさくてたまらない。

「な、直秀、さん」

覚悟を決めた私は、うつむいて口にした。

「はい。奥さん」

奥さんという言葉にこれほど威力があるとは知らなかった。ノックアウトされるくらいの衝撃で、めまいを起こしそうだ。

私、彼の奥さんになるんだ……。

話を受けたからには、腹をくくらなくては。

「ふつつかものですが、どうぞよろしくお願いします」

「とんでもない。こちらこそよろしく」

彼に大きな手を差し出されて握ると、優しく微笑んでくれた。

かりそめ夫婦の始まり

　週明けの月曜日。

　病院に出勤すると、夜勤だった竹内さんが私を見つけてすっ飛んできた。

「で？」

「あの……」

　土曜日。タクシーで帰宅したあと彼女に【お見合いは無事に終わりました】とメッセージを入れたのだけれど、直秀さんとの婚約をどうやって伝えたらいいのかわからなくて、【詳しくは月曜に】とごまかしたのだ。

　それから悶々《もんもん》と考えていたのだが、やはりなにをどう話したらいいのかわからない。ただ、契約結婚であることだけは伏せておかなければ。

「もったいぶらないでよ。お断りしてくれた？」

「それが……替え玉がばれていまして」

「ヤバ」

　小声でつぶやく竹内さんは私の手を引いて、空いていたカンファレンスルームに向かう。

「ごめん、叱られたよね」

部屋に入ってドアを閉めた途端、顔の前で両手を合わせられた。

「あぁっ、大丈夫でした。ここに出入りしている業者さんだったみたいで」

「うわ、そうだったんだ。それじゃあ、今度その人を見かけたら教えて。私も謝らなくちゃ」

「それが……。なんか気に入られてしまって」

告白すると、竹内さんの目が真ん丸になる。

「気に入られた？　それで？」

「……婚約、したみたいです」

竹内さんはあんぐりと口を開けて動かなくなった。

そりゃあ、身代わりで見合いに行ったら即婚約って、普通なら考えられないもの。

「したみたいって……」

「婚約、しました」

照れくささもあって濁したが、はっきりと承諾したのだから事実だ。

「嘘みたい。こんなことある？」

「ですよね」

「いやぁ……びっくりだけど、おめでたいじゃん！　出会ったその日に婚約って、ロマンティックじゃない」

竹内さんが乙女の顔をしているものの、そんなキラキラしたものじゃない。これはただの契約だ。

「まあ……」

「あれっ？　婚約したのに湿っぽいね。マリッジブルー？」

そんなものでは決してない。ただ、不安があるのは間違いではないのだけれど。

「いえ。それで、松村先生になんと伝えようかと相談していて」

「ほんとだ。忘れてた！」

それはないわよ、竹内さん。

「津田さんが、竹内さんが不安でお見合いに私も連れていった。そうしたら、竹内さんとは気が合わなかったけど、私と意気投合してしまったという感じでどうでしょうと」

「了解！　それで行こう、うん」

私の婚約を喜んでくれているようには見えるけれど、なんとも軽い。

「そろそろ申し送りの時間だわ。松村先生には私から話しておくね」

竹内さんは慌ただしく去っていった。

大丈夫かな……。

彼女はもともとサバサバした人だけど、任せておいて平気なのか心配になる。とはいえ、私が松村先生に報告するのもおかしいし。

「まずい」

私も仕事だ。

我に返った私は、慌ててあおぞら教室に向かった。


院内学級の朝は、ここに通っている子供たちの様子を看護師に確認することから始まる。申し送りの終わった夜勤のリーダーナースから電話が入り、院内学級の教師がそれを聞くのだ。

大体電話を受けるのは喜多川《きたがわ》先生。四十代後半の彼はここあおぞら教室の責任者で、奥さん思いの優しい人だ。少し垂れ目で優しさがにじみ出ているような顔は、子供たちを和ませるのに効果てきめん。彼がにこっと笑うと、初めてここを訪れる子供たちの緊張も緩む。ただ、優しいだけでなくよくないときはビシッと叱れる、メリハリの利いた理想的な先生で、私の目標でもある。

そんな喜多川先生が引っ張るあおぞら教室は、短期利用の生徒も含めて、月に平均で十数名ほど在籍することが多く、私は小学生の担当だ。とはいえ、先生も生徒も担当は関係なしに入り乱れて雑談もするし、全員が参加して行う行事もあるため、どの生徒とも顔見知りではある。

喜多川先生が電話で報告を受けている間に、職員室の隣にある中学、高校部の教室のドアが開く音がしたので見に行くと、高校二年生の真奈香《まなか》ちゃんが来ていた。彼女はホワイトボードの前に並んでいるイスを引き出して座り、机に突っ伏している。

ここは服装は自由で、今日の彼女はトリコロールのボーダーTシャツ姿。よく似合っている。

「あれっ、早くない？」

「蛍ちゃん、今日かわいいじゃん。彼氏でもできた？」

声をかけると、顔を上げた彼女が鋭い指摘をしてくるので目が泳いだ。

津田さんに明るい色が似合うと言われて調子に乗った私は、クローゼットから花柄のスカートを引っ張り出してはいてきたのだ。ちなみに津田さんに買ってもらった白いブラウスに合わせている。

「いや……」

「蛍ちゃん、わかりやすいって。彼氏連れておいでよ」

「それはさすがにできないわよ」

通常の学校ではありえないようなやり取りだが、教師の中で一番若く、特に高校生とは歳も近い私は、友人のような役割を果たしている。時々恋愛相談もしたりするのだ。

真奈香ちゃんも好きな男の子がいて、よく話を聞いている。

「それで、ちゃんと検温してきた？」

「逃げてきた」

笑顔でサラッと言う彼女だけれど、一瞬瞳の奥が曇ったのが気になる。なにかあったのだと察した私は、戻りなさいとは言わないことにした。

「それはまずい。私、共犯じゃない」

「あはは。そう、共犯。もー、ほんと、蛍ちゃんのそういうとこ好き」

彼女も私が叱らないことに気づいたようだ。

ここあおぞら教室では、子供たちのエネルギーを決して削《そ》がないように気をつけている。ただでさえつらい治療に挑んでいるのに、ここに来たら余計に疲れるようでは困るのだ。

私は彼女の隣に座った。

「毎日同じことの繰り返しだもんね。疲れるよね」

しかもその結果に一喜一憂している彼女たちにしてみれば、疲れるどころの騒ぎではない。その日の検温や回診で新たな治療をオンされることもあるのだから、憂鬱な時間なのだろう。

「疲れるっていうかさ……」

真奈香ちゃんはうつろな目をしてそれきり黙り込んでしまった。

こういうときは余計なことを言わないほうがいい。彼女の気持ちの整理がつくのを隣で見守るだけだ。

「で、蛍ちゃんの彼氏の話は？　どんな人？」

いきなり話を変えた彼女は、まだぎこちないものの少し笑顔が戻ってきた。たった数分ではあるけれど、気持ちを切り替えつつあるのだ。

ここに入院している子供たちの中には、退院してもまた戻ってくる子も多い。苦しい治療に耐えてようやく手に入れた日常生活をすぐに手放さなくてはならなくなる無念さは、しっかり受け止めなければならない。

真奈香ちゃんもそのうちのひとりで、入退院を繰り返している。

「そんなの内緒だよ」

「ダーメ。告白されたの？　教えなさいよー」

彼女は私の肩を揺さぶって茶化してくる。

「ほかの先生には内緒だからね」

「了解」

私は彼女と顔を突き合わせて小声で話し始めた。

「お見合いして婚約したの」

バン！と思いきり肩を叩かれて、目が飛び出そうになる。

「婚約って、やるじゃん。……私もいつか結婚できるのかな？」

白い歯を見せた彼女は一転、苦しげな表情を浮かべた。

ここには、今を生きるのが精いっぱいで将来の希望を見いだせない子もたくさんいるのだ。

「できるよ。だって、この私が婚約したんだよ？」

「めっちゃ説得力ある！」

「失礼ね！」

私は彼女たちを気遣った嘘はつかないようにしている。嘘だとばれたときに、せっかく築いてきた信頼関係を失う可能性があるからだ。ただ、契約結婚であることはどうしても言えなかった。

「はー、テンション上がったわ。それじゃ、あとでまた」

「うん。待ってる」

真奈香ちゃんはそう言うと戻っていった。

少しは気持ちが整っただろうか。

廊下に出て彼女を見送っていると、職員室から喜多川先生が出てきて、同じように彼女を見つめた。

「検査結果が思わしくなくて、退院が延期になったようです」

「そうだったんですか」

治療に積極的に取り組んでいたのに、期待を裏切られてしまったのだ。好きな男の子が転校してしまうから、その前にどうしても復帰したいと意気込んでいたのに。

「うーん。難しいな」

「そうだね。俺たちは寄り添うことしかできないけど、それで少しでも救われてくれたら」

喜多川先生がため息をつきながら言う。

「はい」

「それで、婚約ってなんですか？」

「あっ、それは……」

最初は小声で話していたのに、ヒートアップしてきて途中から普通に会話していたかも。隣の部屋まで聞こえていたようだ。

「えっと……。このたび、婚約しまして」

「それはおめでとう。もしかして仕事辞める？」

「辞めませんよ。あれー、追い出したいですか？」

仕事を充実させるための結婚なのに。

「まさか。正直に言うと、最初は若いし大丈夫かなと思ってたんだけど、生徒の心をつかむのは早いし、慕われている。ああ、ちょーっと優しすぎるのは反省してくださ い」

「す、すみません」

時々生徒たちに感情移入しすぎて甘やかしてしまうのだ。それをしばしば喜多川先生に指摘されている。

「でも、辞めなくてよかった。それで、お相手はどんな方なんですか？」

「真奈香ちゃんみたいなこと言ってる」

顔を見合わせて笑い合った私たちは、気持ちを切り替えて授業の準備を始めた。

その後、朝の検温を済ませて戻ってきた真奈香ちゃんは、なんでもないような顔して授業を受けていた。

中高生の授業は主に喜多川先生が担当しているのだが、彼もあえて今朝の話題には触れていない。待ち望んでいた退院が延期になり、どうしようもなく悲しくて悔しい感情を持て余していた彼女は、泣き叫ぶこともできずここに来て気持ちを落ち着けたのだろう。

真奈香ちゃんは患者としては優等生で、ドクターやナース、それに両親を困らせるようなことは決して言わない。ただ私はそれを心配している。

周囲の子たちは青春真っ盛りなのに彼女が焦らないわけがなく、どれだけ感情を殺して生きているのかと思うと、胸が痛いのだ。だから、あおぞら教室ではできるだけ素の彼女でいられるようにしたい。

午前中の授業を終えたあと、午後は別の先生にお願いして、私は病棟に向かった。

博物館への遠足を楽しみにしていたのにドクターストップがかかった、小学校三年生の幸平《こうへい》くんに会いに行くのだ。

彼は別の病院で脳腫瘍《のうしゅよう》が見つかり、ここに転院してきた。かなり難しい位置に腫瘍があったため、最初の病院では脳外科医が手術を躊躇《ちゅうちょ》したらしい。しかし外科的に摘出《てきしゅつ》できるか否かが予後を大きく左右する。そのため、腕のいい脳外科医のいる野上総合を頼ってきたという。

結果、かなりの部分を切除できた。ＩＣＵ、そして脳外科病棟と入院先を変え、今は化学療法を行うために小児腫瘍医のいる小児科病棟に移ってきている。

彼は小児科病棟に来てからあおぞら教室に通うようになったのだが、こうしてベッドサイドでの授業も行う。

病棟に向かうと、カンファレンスルームから松村先生が出てきた。竹内さんが話をしてくれているはずなのでなにか言われると身構える。

「あっ、月島さん」

やっぱり捕まった。

軽く会釈をして顔を上げると、先生に続いて直秀さんまで出てきたので目を丸くした。ダークグレーのスリーピースを着こなし、仕事のできるビジネスマンという雰囲気が漂っている。

「聞いたよ。電撃的な婚約だね。おめでとう」

「あ、ありがとうございます」

真奈香ちゃんにも明かしたとはいえ、まだ夢の中にいるようだ。

「津田さんがわざわざ報告に来てくれてね。相手が変わってるのは、あれだけどさ……」

鋭い指摘に、あははと曖昧《あいまい》に笑って濁すと、直秀さんが口を開いた。

「運命なんて信じてませんでしたけど、彼女に出会ってその考えは覆されました。先生には感謝しております」

涼しい顔で完璧な嘘。さすがは営業部部長。きっとこんなこと日常茶飯事なのだろう。

「いやぁ、うらやましいね。そんなセリフ、この顔だから言えるんだよ。俺が言ったら失笑される。お幸せに」

「ありがとうございます」

私は終始おどおどしていたのに、直秀さんは堂々とお礼を口にした上、笑みまでつけて松村先生と別れた。

「蛍」

「は、はい」

まだ名前を呼ばれることすら慣れなくて、いちいち鼓動がうるさくなる。

「いいじゃないか、そのスカート。似合ってる」

「……ありがとうございます」

まずい。これから授業なのに顔が赤くなっていないだろうか。

こうしたやり取りの経験が少ない私はドギマギしてしまう。すると彼が目の前まで歩いてきて、頬に手を伸ばしてくる。

な、なに？

「まつげ、ついてた」

まつげ？

まつげを取ってくれただけなのに恥ずかしすぎて視線を床に落とすと、彼は私の耳元に口を寄せる。

「そんなぎこちないと偽装だとばれるぞ」

このゾクッとするような低くて甘い声は反則よ。

「すみません」

そうはいっても、どうしたらいいかわからない。こんなふうにアプローチされると、男性にあまり免疫のない私の心臓は爆発寸前なのだ。

「まあ、こういううぶな反応は嫌いじゃない」

艶《つや》やかにささやかれては、照れくささのあまり全身が火照《ほて》ってきてしまう。

「あー、蛍ちゃん！」

そこに駆けてきたのは、元気を取り戻したように見える真奈香ちゃんだ。私はとっさに緩んだ顔を引き締めた。

「浮気したらダメなんだぁ。蛍ちゃん、婚約したから離れて離れて」

真奈香ちゃんは、私と直秀さんとの間に体を滑り込ませる。

「真奈香ちゃん、あのね……」

「初めまして。蛍の婚約者の津田です」

「マジで？」

口を押さえて目を見開く真奈香ちゃんは、私に視線を送ってくる。

「蛍ちゃん？　こんなイケメンだって聞いてないよ？」

「聞かれてないし……」

たしかに津田さんは顔もスタイルも完璧で、イケメンという言葉がぴったりのような人だ。その相手が私って、やっぱりおかしいよね……。

「津田さん。蛍ちゃん、メチャクチャいい先生だから、泣かせちゃダメだからね」

いつも私よりずっと大人びた発言をする真奈香ちゃんにはたじたじにさせられるが、今の言葉は胸に響いた。

「もちろん、幸せにする。蛍を大切に想ってくれているんだね。俺もうれしいよ」

「ちょっ、発言までイケメン」

おどけた調子で容赦なく私の肩をバン！と叩く真奈香ちゃんだったが、瞳が少し潤んでいるような。気のせいだろうか。

「お昼食べた？」

「食べたよ。でも、もう病院食飽きちゃった」

「だよね……」

とはいえ、食事も治療の一環なので仕方がない。真奈香ちゃんは腎臓が悪いため、塩分が控えめで味気ないのだ。

「だよねって……。私の味方なんかして、佐藤《さとう》先生に聞かれたら怒られちゃうよ」

彼女の主治医の佐藤先生は、三十代なかばの明るい先生だ。こんなことくらいで怒ったりしないとわかっていて、わざとおどけているに違いない。空元気にも感じられるけれど、私も乗ることにした。

「内緒にしといて」

「しょうがないな。それじゃ、授業行ってくる」

「うん」

真奈香ちゃんは、直秀さんににこっと微笑みかけてから離れていった。

「すみません」

「謝られることはなにもないよ。生徒に、婚約のこと話してくれたんだね」

「生徒には嘘はつきたくないというか……」

婚約を喜んで舞い上がっているみたいで面映ゆい。

「いや、うれしいよ。彼女に幸せにすると約束したから守らないとね」

でも、一年間だけなんでしょう？

一年後に離婚したら、真奈香ちゃんはどう思うだろう。ふとそんなことを考えたものの、今さら婚約を撤回できない。

「……あの子、ちょっと涙目じゃなかったか？」

「やっぱりそう思いました？　退院に向けて頑張っていたんですけど、延期になってしまって。多分、引っ越してしまう好きな男の子にもう会えなくなってしまったからじゃないかな」

憶測ではあるけれど、治療に耐える彼女のモチベーションはその男の子だったのだ。だから私が婚約したと話したとき、『私もいつか結婚できるのかな？』としんみりしてしまったのだと思う。

その男の子は同級生で幼なじみらしく、ずっと片思いしているんだとか。でも、父親の仕事の都合でイギリスに行ってしまうらしい。

喜多川先生とは恋バナをしにくいとかで、よく私のところに話しに来てくれた。本当なら、学校の友人と盛り上がりたいだろうに、それすら叶《かな》わない。

「そう……」

「あっ、行かなくちゃ。失礼します」

そろそろベッドサイドの授業時間だ。

軽く頭を下げて離れようとすると、不意に腕を握られた。

「蛍。またあとで連絡する」

「は、はい」

たったそれだけのことなのに、握られている腕が熱を帯びていく。

つい先日まで赤の他人だった彼が、急に近い存在になったのに気持ちがついていいかないのだ。

「それじゃあ、頑張って」

「ありがとうございます。直秀さんも」

「サンキュ」

彼は軽く手をあげて去っていった。

その日、仕事を終えると、直秀さんからメッセージが入っているのに気づいた。

【終わったら連絡して。食事に行かないか】

デートのお誘い？

婚約したのに、デートすら未経験。こんなカップルいるだろうか。

【今、終わりました。食事のお誘いうれしいです。でも直秀さん、お忙しいのでは？】

そもそも私たちが結婚をするのは、互いに仕事に集中したいからなのに。

病院を出て返事を送ると、しばらくして電話が鳴った。

「もしもし」

『俺』

「はい」

〝俺〟でわかる関係って、ちょっとキュンとするかも。なんて、彼氏がいない期間が長すぎて枯れているのかしら、私。

『三十分くらい時間潰せない？　迎えに行くから』

「わかりました。駅前のカフェにいます」

やっぱり忙しいんだ。でも、結婚する前に少し交流を深めておいたほうがいいかも。

そう思った私は、お気に入りのカフェに向かった。

窓際の席でカフェラテを飲みながら授業の準備をしていたものの、真奈香ちゃんのことが気になって進まない。

「もう会えないのかな……」

「なに悩んでるの？」

「えっ！」

突然話しかけられて驚いた私は、大声を出してしまい口を手で押さえる。しかし時すでに遅し。周囲の人の視線を集めてしまった。

「すみません」

すると、直秀さんが私の代わりに謝罪してくれる。

「ごめんなさい」

「俺が急に声をかけたのが悪かったよ」

彼は気にしているふうでもなく、クスッと笑いながら対面の席に座った。

「仕事、まだかかりそう?」

「明日の準備というわけではないので、もう大丈夫です」

「そう。それじゃあ食事に行こうか。中華が食べたい気分なんだけど、好き?」

「大好きです」

そう返すと、彼はうなずいて席を立った。

近くの駐車場で私を待っていたのは、大きなベンツ。こんな高級車に乗っている直秀さんって、やっぱりただ者じゃない。

「直秀さんの車ですか?」

「そうだけど。あぁ、一ノ瀬から着物が届いてる」

驚く私とは対照的に平然としている彼は、助手席のドアを開けて私を中に促したあと、後部座席に視線を送った。

「ありがとうございました。クリーニング代を……」

「そんなの気にしなくていい。もう婚約したんだから」

にっこり微笑まれてドキッとする。

甘えても、いいのかな？　いやそれより……本当に婚約したんだ。

まだ夢見心地でどこかふわふわしている。

運転席に乗り込んだ直秀さんは、「それじゃあ行こうか」とエンジンをかけた。

彼はこの婚約にまったく迷いがないのだろうか。


中華と言われたので、ラーメンや餃子あたりを想像していたのだけれど、連れていかれたのは高級中国料理店だった。

「ここの辛い麻婆《マーボー》豆腐が癖《くせ》になるんだよ。あとは東坡肉《トンポーロウ》と水餃子と……。中国の餃子はにんにくが入ってないから、においは気にならないはずだ」

「そうなんですか」

餃子といえばにんにくは必須だと思っていたが違うらしい。

「あとなにか食べたいものは？」

「胡麻団子がある！」

大好きなので興奮気味に言うと、彼に笑われてしまった。

「おっ、いきなりデザート。それも頼もう。ふかひれのスープを忘れてた。チャーハンも食べておく？」

「はい。大好きです」

少し頼みすぎな気もするけれど、どれもおいしそうだ。

店員が行ってしまうと、直秀さんが口を開いた。

「蛍はなんの食べ物が一番好きなの？」

「最高峰はチョコレートです」

真面目な顔をして答えると、彼はプッと噴き出した。こんな表情もするんだ。

「料理じゃないのか。やっぱり女子だな。デザートのオンパレード」

「直秀さんは？」

特別料理が得意というわけではないけれど、結婚するのだから振る舞う機会もあるだろう。

「俺はなんでも食べるよ。食べられるのは幸せなことだから」

彼はなぜかしみじみと語る。私も、真奈香ちゃんのように好きなものを好きなだけ食べられない子供たちを見ているので、食べられることのありがたみを日々感じている。

「そうですね。私、こんな立派なお店だと思っていなかったので少しびっくりしたんですけど……」

正直に打ち明けると、彼は眉をピクッと上げる。

「初デートだからな。あとで振り返って思い出すのに、ラーメンだったら悲しいだろ？　ラーメンもうまいけど」

そんな配慮があってのことだったのか。

マンションは立派だし、高級車に乗っているし、高級店であたり前のように食事をするし……とんでもないお金持ちだったら気後れすると思っていたけれど大丈夫かな。

「それじゃあ張りきっていい思い出を……って、なにをしたらいいんでしょう？」

「おいしくいただけばいいんじゃない？」

彼が白い歯を見せるので、楽しくなってきた。

「はい。もちろん、そうします」

一年限定というおかしな結婚を決めてしまったけれど、この調子なら明るく過ごせそうだ。互いに仕事に重きを置きたいという希望があるため、私生活は干渉し合わないようにすべきなのだろうかと考えていた。でも、身構えずに自然に生活していけばいいのかもしれない。

テーブルに料理が並びだし、早速口に運ぶ。

「今日、昼ご飯食べ損ねたからガツガツしててごめん」

「いえ。男の人が豪快に食べる姿、嫌いじゃないです」

豪快といっても、下品なわけではなくとてもおいしそうに食べている。作った人も、こんなふうに食べてもらえたら幸せだろうな。

「そう？　よかった」

「お昼食べられなかったんですね。お忙し……」

仕事のせいじゃない。おそらく松村先生に会いに病院に来ていたからだ。仕事の合間に時間を捻出《ねんしゅつ》したのだろう。

「ごめんなさい」

「なに謝ってるの？」

「松村先生に面会に来たからですよね」

「まあ、そうだけど。蛍が謝る必要ある？　それに、行けてよかったよ。蛍が生徒に慕われている姿が見られたからね」

彼は優しく微笑み、麻婆豆腐を口に入れた。

「辛っ。でも、これがたまらない」

まだ出会ったばかりだけれど、優しい人のようだ。それに、自然体の彼と一緒だとリラックスできる。

私も麻婆豆腐に手を伸ばすと、彼は再び話し始めた。

「真奈香ちゃんだっけ？」

「真奈香ちゃんがどうかしました？」

一旦食べる手を止めて尋ねる。

「気になってるんだろ？」

「……はい」

元気に振る舞っているつもりだったのに、お見通しなのか。

素直に認めると、彼は神妙な面持ちでうなずく。

「だよな。好きな男の子はいつ行ってしまうの？」

「来週末に発つみたいなんです。真奈香ちゃん、今週末には退院できる予定だったので、会えるはずだったんですけど……」

「うん」

直秀さんは相槌《あいづち》を打つとしばらく黙り込み、なにかを考えているようだった。

「その相手の子は、どんな子？」

「真奈香ちゃんの幼なじみで、小学校から高校までずっと同じ学校に通ってるみたいです」

「そうか。なんとかなるといいね」

「はい」と言いつつ、帰りがけに最低でも一週間は退院が先になると聞いてしまった私は、胸が痛んだ。

これまでも思い通りにならないことだらけで必死に歯を食いしばって耐えてきたのに、たったひとつの願いすら叶わないなんて。命が一番大切だとわかってはいるけれど、悔しいに違いない。

「蛍。食べないと、俺が全部食べるぞ」

真奈香ちゃんのことを考えていたら、手が止まっていた。それを指摘する彼はおどけて言う。

「あっ、ダメです。このふかひれ食べたら、お肌ぷるっぷるになりそう」

「それじゃあ、触らせてな」

――ゴホッ。

「大丈夫か？」

病院でまつげを取ってもらったときの、妙に色気漂う彼の表情を思い出してむせてしまった。

「だ、大丈夫です。変なこと言わないでください」

「変なことかな？　男が女に触れたいと思うのは自然じゃない？」

また爆弾発言をする直秀さんが手を伸ばしてきて本当に私の頬に触れるので、心臓がドクッと大きな音を立てる。

「えっ……」

「食べる前の肌も知っておかないと、効果がわからないだろ？」

少し触ってわかるほどのすごい効果は、さすがに出ないわよ！

心の中で叫ぶも、彼が笑いを噛み殺しているので口には出せない。きっとからかわれたのだ。

「そ、そうですね。触っておきます」

私が両手で自分の頬をつかむと、彼は目を細めておかしそうに肩を震わせていた。

それから、結婚についての話になった。

「今週末に、俺の実家に顔を出してくれる？　電話で結婚は報告してあるから」

「わかりました」

本当に結婚に向けて動きだすんだ。なんだか緊張してきた。

「ただ、俺の妻になると少々注目されることがあるかもしれない。そこだけ我慢してほしい」

どうして注目されるのだろう。もしかして、これまで数々の縁談を断ってきた彼がどんな女性を選ぶか興味を持たれてる、とか？

「えぇ……」

「あんまり深く考えなくていいよ。もちろん俺が守るし」

『俺が守る』なんて言葉を向けられたことがない私は、胸がキュンと疼《うず》いた。

「蛍のご両親は……」

「うちは父が外交官で今は両親ともアメリカですし、とりあえず電話で報告しておきます」

両親は私が仕事に没頭しているのを知っていて、『蛍の結婚は、すごく遅いか無理かもね』と話している。ただ、海外生活が長いせいか〝結婚してもしなくても、あなたが信じる人生を歩みなさい〟という考えで、ある意味自由放任主義。だから私も弟の一輝《かずき》も、自分で歩く道をチョイスしてきた。

きっと今回の結婚も、私が好きになった人なら大歓迎とふたつ返事のはずだ。

一年後の離婚時のことを考えると胃が痛いのだけれど。

「アメリカではすぐに飛んでいけないな。でも、大切な娘さんをいただくんだから、一度電話で挨拶させて」

「はい」

この結婚は期限付きなのだから、そこまでしなくてもいいのに。でも、そうしてもらったほうが両親は安心するはずだ。それをわかっていての提案かもしれないと思い、お願いすることにした。

「あとは……結婚後は俺のマンションでいい？　気に入らないなら別のところを探そうかと——」

「もちろんいいです！」

あんなに素敵なマンションを嫌だと言う人がいる？

「よかった。それじゃあ、引っ越しの準備をそろそろ始めて」

「はい」

本当に直秀さんと一緒に住むんだ。初デートだというのに、もう同居の話とは。これぞ電撃結婚。まさか、それを自分がするとは思わなかった。

「家電はあるし、ベッドも準備するから、身の回りのものだけ持っておいで」

「わかりました」

返事をすると彼は満足そうに微笑み、胡麻団子を口に放り込んだ。

「これ、意外といける」

「でしょう？　疲れたときは甘いものでエネルギーチャージしないと」

なんて、ただ好きなだけだけど。

「いいね、そういうの」

「はい。私はいつもチョコレートを持ち歩いています」

常にバッグにチョコを忍ばせてあり、疲れたときや気分が落ちたときに口に入れるのが習慣になっている。私の元気の源だ。

「俺もチョコを食べるようにしようかな」

「夏は気をつけてくださいね。暑いところに置いておくと、悲惨なことになりますから」

「なるほど、経験者か」

経験者どころか、ひと夏に数回やらかす。

「そうなんですよ。でも、やめられなくて。中毒かも」

意外なほどに会話が弾む。

お見合いではあれほど嫌われようと画策していたのに、こんなに気が合うんだとびっくりしていた。

楽しい食事デートはあっという間に終わってしまった。

車でアパートまで送り届けてくれる直秀さんは紳士だ。彼は車を停めるとわざわざ降りてきてくれた。

「それじゃあ、ゆっくり休んで」

「今日はごちそうさまでした」

ごちそうになってしまったのでお礼を言うと、「これくらい」と笑っている。

「週末の件はまた連絡する」

「わかりました」

「それじゃあ、また」

優しく微笑む彼は車に乗り込み、去っていった。

「意外と大丈夫かも」

小さくなっていく車を見ながらつぶやく。

お見合いのときは契約結婚を言いだされて驚いたけれど、一緒にいる時間は楽しい。

一年間だけど、仲良くできるといいな。

そんなことを考えながら、アパートの階段を上がった。

その週末。私は直秀さんの実家に結婚の挨拶に向かうことになった。

彼が優しい人だというのはわかったが、まだ人となりをよく知らない。それなのに契約とはいえ妻になってもいいのだろうかという戸惑いが時々ふと湧いて出てくるけれど、もう今さらあと戻りはできない。

直秀さんに買ってもらった洋服にカーディガンを合わせて、迎えに来てくれた彼の車に乗り込んだ。彼は今日もスーツ姿だ。相変わらずビシッと決まっている。

「おはよ。緊張してる？」

アクセルを踏み込んだ彼が口を開いた。

「わかります？」

「そりゃ、顔の筋肉動いてないから」

指摘され慌てて両手で頬を動かす。

「こんな人を連れてきてとあきれられたら、どうしよう。ごめんなさい」

私は直秀さんの仕事ぶりを知らないけれど、私たちの結婚を知った高原さんは『あの人はメチャクチャできる人だよ。気遣いは完璧だし、先生たちの信頼も厚いもん。いい人捕まえたね』と褒め通しだった。

どうやら部長になる前に野上を担当していたらしくて、今は引き継いだ部下のフォローのために時折顔を出すだけのようだが、知識豊富な直秀さんの訪問を待っているドクターもいるのだとか。

治療はもちろんドクターの仕事だけれど、医療材料を効果的に使うための知識は、直秀さんのほうがたくさん情報を持っているという。

『かなり勉強してるみたいだよ』と高原さんが話していたので、驚いた。

こうして話していても偉ぶるところはないし、私をバカにするような発言もしない。それどころか、褒めてくれるくらいだ。

そんな有能で優しくて、しかも人当たりもいい彼なら、いくらでも女性が手をあげそうなのに、私ではがっかりされそうだ。

「言われないさ。それに、蛍は〝こんな人〟じゃない。素敵なレディだ」

私の緊張をほぐすために励ましてくれているのはわかっているけれど、素敵なレディとはなんとも照れる。そんなふうに言われたのは生まれて初めてだった。

「直秀さんのご両親はどんな方なんでしょう?」

「うちの両親もわりと寛容で、結婚すると電話を入れたら喜んでたよ」

「よかった」

ひとまず拒否反応がなくてホッとした。

「ただ……」

「ただ？」

彼が言葉を濁すので首を傾げる。

「ちょっと面倒な人たちが父の周囲にいるんだ。でも、蛍は気にしなくていいから。無視でいい。腹が立つことがあったら俺に言って」

「……はい」

無視でいい？

どういうことなのかさっぱりわからなかったものの、緊張がピークの今、あまり深くは考えられない。とにかく今は、両親への挨拶に集中しようと気合を入れ直した。


車は閑静な高級住宅街に入っていく。

あれほど立派なマンションに住み、こんな高級車に乗っているのだからお金持ちなんだろうなと薄々勘づいていたけれど、正解のようだ。

「この家すごいですね。個人の持ち物かな？」

とある家の前を通りかかったとき思わず漏らした。どこまでも続く塀に驚いたのだ。

「そうだね、個人の持ち物だ。明治時代からここにあるんだよ。建物は建て替えられてるけど」

直秀さんが詳しく知っているほど有名なお宅のようだ。

「随分歴史があるお宅……ん？」

感心しながら見ていると、彼がその家のガレージの前で車を停め、コンソールボックスから取り出したリモコンを操作し始めるので首をひねる。

「えっ？　なんで？」

シャッターが開き始めたので目が点になった。中には、直秀さんの車にも負けない五台もの高級車が並んでいる。

「実家」

「は？」

顎がはずれる、というのはこういうことをいうのだ。

言葉を失った私をクスッと笑う直秀さんは、車をガレージに入れた。

「行こうか」

「ちょっと待ってください。聞いてないです！」

「なにを？」

「なにをって……こんな立派な……」

平然とした顔をしている彼が信じられない。

私、とんでもない人と結婚を決めてしまった？

「たしかに実家は立派かもね。でも俺は俺だし」

俺は俺って。彼のマンションも十分すぎるほど立派だ。

「津田家は明治時代から紡績会社を経営していてね。ティーメディカルは紡績の技術を使って作った傘下の子会社。親会社は津田紡績というんだけど、今は航空機に使用されている炭素繊維なんかをよく扱っている。炭素繊維は軽くて航空機の軽量化に貢献してるんだ」

「航空機？」

繊維と航空機がすぐには頭の中ではつながらず混乱する。

「弟さんがパイロットを目指してると話してたよね。多分弟さんが乗る飛行機にも使われている。津田紡績が世界でもかなりのシェアを誇ってるんだよ」

世界？

軽い口ぶりで説明する彼だけど、想像以上に大きな会社のようだ。

「前に服を買いに行ったブランピュールの社長の兄貴がいる三谷《みつたに》商事も、津田紡績から派生した会社で、今はタッグを組んで仕事をしている。世間一般には三谷商事のほうが名前は知られてるよね」

「三谷商事って……」

就職先人気ランキングで毎年上位にいるあの商社？　そういえば、津田紡績もランクインしていたような。多分、私たちの日常生活とは直結しない製品が多いから知らないだけなんだ、きっと。

はぁー、とため息をついたあとは言葉が出てこない。スケールが違う。

「自己紹介終わり」

「そういうことはお見合いのときに言ってください」

「竹内春奈さんだったのに？」

「あ……」

それを持ち出されると言い返す言葉もない。私は隠しごとをしていたどころか、嘘をついていたのだから。

「大したことじゃないだろ？」

「大したことです！」

語気が強くなる。

「もしかして、直秀さんって津田紡績の跡取りですか？」

「まあそうなるね。社長のイスを狙ってる人はたくさんいるし、実際に跡を継げるかどうかはわからないけど」

彼はなに食わぬ顔で語るが、相当優秀だと高原さんも話していたし、間違いなく次の社長なのだろう。

「そんな人の結婚相手が私ではまずいでしょう?」

「なんで?」

「なんでって……」

それほど大きな会社を背負う人の妻が私では力不足だと思ったけれど、一年だけの仮の妻なのだからどうでもいいのだろうか。

いや、そうだとしても、間違いなく注目されるこの立場から今すぐにでも逃げ出したい。

そういえば、彼は以前『俺の妻になると少々注目されることがあるかもしれない』と言ったが、あれは津田紡績の御曹司だからという意味だったんだ。あのとき流さず、もっとしっかり聞いておくべきだった。

「どうしよう、私」

「ここまで来て、今さら結婚を断れると思うなよ」

「嘘……」

「残念だが現実だ」

　別に嘘をつかれたわけではないけれど、なんとなくだまされた気がする。彼は私が断るとわかっていたから、津田紡績の御曹司であることをあえて黙っていたのではないだろうか。

「ご両親は、私が結婚相手で納得されるでしょうか？」

　私たちが結婚すると決めても、第一関門が突破できないのではないかと思い、尋ねる。

「父も母も特に反対はしてない。正直に言うと、今まで縁談は山ほど来た。ただ、父や母が主導していたわけじゃなくて、持ってこられるというか……」

　大会社の跡取りの妻になりたい女性はごまんといるはずだ。それに、娘を嫁がせたいという親も。山ほどというのは事実に違いない。

「最近、特にしつこい人がいて困ってるんだ」

　なるほど。その人から逃げたいがための結婚でもあるのか。

「ご両親が結婚に反対していないというのは、それなりの女性を連れてくると思っていらっしゃるからでは？」

彼の立場に見合ったお嬢さまが来ると思われていたらいたたまれない。

「蛍は妻として十分な女性だろ？」

「こんなときにお世辞なんていりません」

頭を抱える私を彼は笑いながら見ている。

「俺、お世辞を言えるようなタイプじゃないから。とりあえず、余計なことは言わなくていいからすました顔してて。行くぞ」

ああ、どうやら逃れられそうにない。

私は渋々うなずいて覚悟を決めた。

きれいに剪定《せんてい》された日本庭園を進むと、私と同じ歳くらいのスーツ姿の男性が近づいてくる。

「直秀さん、おかえりなさいませ」

「うん。彼女が婚約者の月島蛍さん。彼は父の秘書の三谷唯人《ゆいと》。親戚筋に当たる」

三谷というからには、三谷商事の関係者なのだろう。

「初めまして。月島蛍です」

緊張でカチコチではあったものの、とっさに笑顔を作って頭を下げる。直秀さんに恥をかかせることだけは避けなければ。

「こちらこそ。どうぞよろしくお願いします」

三谷さんは美しい所作で腰を折る。さすが大企業の社長秘書というべきか、それとも由緒正しき家柄のおかげなのか……。

「直秀さん、専務がいらっしゃっておりまして」

「地獄耳だな。どこで聞いたんだ」

そんな言葉を交わすふたりが、なにか目で会話をしているように感じる。

それにしても、休日なのに秘書の三谷さんや専務がどうして来ているのだろう。

「直秀さんが婚約された方と実家に来られると、社長と私が話しているのを誰かに聞かれたのかもしれません。社長も困惑していらっしゃいます。それで私をお呼びになったようです」

「なるほど。悪かったね」

「とんでもないです」

なんの会話をしているのかさっぱり理解できずぼんやりふたりの顔を見ていると、直秀さんが気づいて口を開いた。

「津田紡績の専務が来ているようだ。まあ、なんとかするよ」

なんとかするって？

ますますわからない。

「それではこちらへ」

三谷さんに促され、直秀さんとともに続いた。

芳《かぐわ》しい木の香りが漂ってくる純和風の家の玄関に足を踏み入れると、印象的な丸窓と立派な生け花が出迎えてくれた。

「素敵なお家……」

緊張しているのに、キョロキョロ見回したくなる魅力的な家屋だ。

「建て替えのときに父が縁側を希望してね。和風の家にしたんだ。いつも母と並んでお茶を飲んでるよ」

理想的なご夫婦だ。私もそんな夫婦にあこがれる。

「まる」

突然直秀さんがそう口にする。

まるって？と不思議に思っていると、廊下の奥から丸々と太ったキジトラ柄の猫が姿を現し、ニャーンと甘え声を出して直秀さんの脚にすり寄った。彼は猫をヒョイと抱き上げて頭を撫《な》でる。

「まるちゃん？」

「一応オス。就職してすぐの頃に俺が拾ってきて、ここで育ててもらったんだけど、目が真ん丸だったから〝まる〟。でも今は体が丸くなったな」

猫好きなんだ。しかも保護したなんて、優しい人だ。

「蛍、猫いける？」

「はい、大好きです」

そう言うと、まるを抱かせてくれた。

「まるくん、初めまして。かわいい」

まるの背中をそっと撫でる。すると、のどをゴロゴロ言わせて気持ちよさそうにしている。

「まるは人を見る目があるらしい」

「ん？」

意味深長な発言をして笑う直秀さんの代わりに三谷さんが口を開く。

「専務が来るといつも毛を逆立たせて威嚇《いかく》ポーズをとるんですよ。引き離さないと飛びつきそうな勢いです」

「放っておけばいいじゃないか」

「面倒なことになるの、わかってますよね？」

三谷さんが眉をひそめると、直秀さんはニヤリと笑った。

どうやら専務を毛嫌いしているようだ。

「とりあえず行くか」

直秀さんはまるを抱いたままの私を促した。

「こちらです」

廊下を進んだ先の部屋の前で三谷さんが立ち止まる。

「ありがとう。あと、よろしく」

「承知しました」

ふたりはまたなにやら目配せしている。

「まるくんを……」

いよいよご両親に対面するのだと緊張しながらまるを三谷さんに預けようとすると、直秀さんは「連れていけばいい」と言う。さらには「直秀です」と障子の向こうに声をかけてしまった。

連れていくの？

驚いたものの、彼がすぐに障子を開けてしまったためどうにもならず、まるを抱いたまま頭を下げた。

「よく来たね」

私の緊張とは裏腹に柔らかい声が聞こえてくる。

ゆっくり顔を上げていくと、正面に直秀さんに負けず劣らず整った顔のお父さまと、長い髪を結った優しそうなお母さまの姿が目に飛び込んできた。しかし、もうひとり眼鏡をかけたスーツ姿の男性がいる。

「月島蛍さんです」

「初めまして、月島です。本日はお招きくださり――」

――ウウウ。

挨拶をしている途中で、腕の中のまるが唸り始めた。

「君。こんな席に猫を連れてくるとは……」

体を乗り出すまるがにらんでいるのは、眼鏡の男性だ。

「まるが蛍から離れたがらないものですから、すみません。蛍は先ほど初めてまると対面したのですがこんなになついて。リトマス試験紙のようですね」

リトマス試験紙？

涼しい顔でそう口にする直秀さんは私の手からまるを取り上げて畳に下ろした。するとまるは、シャーッと敵意をむき出しにする。さっきまで目を細めてのどを鳴らしていたとは思えない。頭を低くししっぽを立てて、今にも飛びかからん勢いだ。

「ちょっ……。外に出してくれないか？」

「でも蛍と離すと怒るんですよ。すみませんが、お嫌でしたらしばらく専務が席をはずしていただけませんか？」

この人が専務なのか。

憤るまるを抱き上げた直秀さんが言うと、悔しそうに唇を噛む専務は出ていった。あっさり退室するところを見ると、飛びかかられた経験があるに違いない。

「まったくお前は。やり方というものがあるだろ」

専務を見送ったお父さまがぼそりと漏らす。

「私は退室を強要しておりませんよ」

まるを連れたまま入るように指示を出した彼の意図がわかった。最初からまるを使って専務を追い出すつもりだったのだ。

「まあいい。あとは三谷がうまくやるだろう」

お父さまがあきれながらも笑っている。三谷さんはそのために呼ばれたようだ。

「まる、ご褒美をやるからな」

まるを再び畳に下ろした直秀さんは、私を座卓を挟んだ両親の対面の座布団に促した。するとまるが寄ってきて、私の膝の上で丸くなる。

「随分なついたね」

「ですからリトマス試験紙だと」

「なるほど。まるは人を見る目があるようだ」

お父さままで直秀さんと同じことを口にするが、まるになつかれた私は合格とでも言いたいのだろうか。

とはいえ、両親が優しそうな人でよかった。

「改めて。月島蛍さんです。お話ししたように、野上総合病院の院内学級の教師をされています」

「月島です」

まるを抱いたままというなんとも失礼な姿でもう一度頭を下げる。

「院内学級とは。大変でしょう?」

「いえ。大変なのは子供たちですから。私はただ支えになりたいとおろおろしているだけです」

お父さまの質問に正直に答えると、お母さまが笑みを浮かべて口を開く。

「直秀がどんな女性を連れてくるのかと思っていたけど、優しそうな方ね」

「はい。それは保証します」

「それが一番大切よ」

直秀さんが即答するのに驚きつつ、大きな会社の跡取りの妻として失格だと烙印《らくいん》を押されなくてよかったと胸を撫で下ろす。

「あれだけ結婚を拒んでいた直秀が見初めたお嬢さんなのだから、よほど馬が合うのだろう。月島さん、直秀をよろしくお願いします」

「……こちらこそ、よろしくお願いします」

お父さまにあっさり結婚を認められて拍子抜けだ。もっといろんな質問をされて、妻としての資質を試されるとばかり思っていたのに。

それにしても、直秀さんはそれほど結婚したくなかったのか。

慌ててもう一度会釈して顔を上げると、直秀さんが優しい目で私を見ているので、鼓動が勢いを増す。

これは契約結婚なのに、彼に愛されてこの場にいるのだと勘違いしそうだった。

「問題は――」

「入籍してしまえばあきらめざるを得ないでしょう。あんな見え見えの政略結婚、さすがにお断りです。専務派は少々厄介《やっかい》ですが、一掃したとしても問題なく盛り返しできるはず」

お父さまが再び口を開きかけると、直秀さんが口を挟む。

もしや『特にしつこい人がいて困ってる』という縁談相手は、専務のお嬢さん？

社長のイスを狙っている人はたくさんいると話していたが、専務がそうなのかもしれない。社長の息子である直秀さんに娘を嫁がせて自分の地位を高め、あわよくば自分が社長のイスに座ろうと考えても不思議じゃない。

でも、社長にこんな優秀な息子がいるのだから、専務が社長に納まるなんて非現実的ではないの？　しかも一掃するって？

疑問に思ったけれど、憶測を口にはできず黙っていた。

「伴野《ばんの》も、もう少し仕事にその情熱を向けてくれたらいいのだが。ぼんくらだと思っていたお前が、とんでもない業績を上げたから焦っているのだろう」

ぼんくら？　直秀さんが？

私はまだ彼の仕事ぶりをよく知らないが、高原さんの話ではかなり優秀な人のようだし、松村先生が竹内さんの見合い相手に指名するくらいなので、ぼんくらというのはありえない。

普段の何気ない会話からも、切れ者の片鱗《へんりん》を見せつけられているし。

「伴野がここまでのし上がってきたのは、彼自身の能力というよりは部下に恵まれたからだろう。根回しの力だけは目を瞠《みは》るものがある。三谷にも注意を払うように言っておくが、気をつけなさい」

「承知しました」

どうやらお父さまは、その政略結婚には反対の立場のようだ。津田家にはなんのメリットもなさそうなので当然か。

「早くお前が津田紡績に来て手腕を発揮すればいいのではないか？」

続いたお父さまの発言に、直秀さんは首を横に振る。

「時期尚早です。ティーメディカルを業界一位まで押し上げてからです」

このとき、私は直秀さんの野望に初めて触れた。穏やかそうに見える彼だけど、職業人としての貪欲《どんよく》さは並々ならぬものがあるのかもしれない。

どうしてもぼんくらには見えない。

「まあ、それもいい。月島さん」

「は、はい」

お父さまに突然話を振られて背筋が伸びる。

「私たちの周りには、味方も多いが敵もいる。笑顔で近づいてきていきなり刺す者も」

「あなた」

刺すなんて物騒な単語が飛び出し目を丸くすると、お母さまが制する。

「いや、知っておいたほうがいい。優しい人ほど懐柔されやすい。我が家のいざこざに巻き込んで申し訳ないが、他人を警戒することを覚えてほしい」

まさか、こんな警告を受けるとは思いもよらず、緊張が走る。

「蛍は私が守ります」

「そうだな」

直秀さんの言葉に、お父さまは満足そうに目を細めてうなずいた。

挨拶が終わり帰ろうと玄関まで行くも、まるが直秀さんの足下をうろついて離れようとしない。

「まる。また来るから」

——ニャーン。

きっとすごくかわいがっているのだろう。猫がこれほどなつく動物だとは知らなかった。

「直秀さん、お帰りですか?」

そこに外から三谷さんが戻ってきた。

「うん。専務は？」

「もちろんお帰りいただきましたよ。社長も追い返そうとされたのですが、仕事の相談と言われて渋々中に入れられたんです。そのくせいきなり娘の自慢話が始まって」

「やっぱり……。往生際が悪い」

直秀さんは盛大なため息をつく。

「そうですね。おふたりが婚約されたというのに、まだチャンスがあると思っているんでしょうか。私には理解できませんが」

「面倒かけてすまない」

直秀さんはまるを抱き上げながら言った。

「大丈夫です。まる、いい仕事したな」

まるは三谷さんにもなついていて、彼が頭に手を置くと目を細める。

「専務、なにか企んでいるかもしれません。お気をつけて」

「しつこいな。了解。なにかわかったら耳に入れて」

「かしこまりました。もう一緒にお住まいで？」

三谷さんは私にチラッと視線を送って尋ねる。

「いや。すぐに引っ越しはさせようと思ってるけど」

「そうでしたか。実は仰木《おおぎ》さんが娘さんの出産の手伝いでしばらくここを離れられるんです。その間、まるの世話は大丈夫かと社長が心配しておられて。直秀さんが預かられたらどうかとふと思ったのですが」

仰木さんって誰だろう。

首をひねっていると、「どう？　蛍も忙しいか……」と直秀さんに聞かれた。

「ぜひ預かりたいです。でも……」

同居の話は出ているものの、なんとなく実感がなかった。いきなり話が進んだ気がして戸惑いを覚える。

「引っ越しが終わってないからな。ただ、身の回りのものだけ運び入れれば、あとはこちらで用意してあるから」

もう？

「それならいかがですか？　奥さまが面倒を見るとおっしゃっていましたけど、私も少々不安で」

「天然だからな、あの人」

「え？」

ふたりの会話に変な声を出してしまった。

天然？　そんなふうには見えなかったのに。

「喜ぶからって餌《えさ》をあげたい放題なんだ。それでこんなに丸々と。健康によくないからとお手伝いの仰木さん以外餌やりを禁止したんだけど、仰木さんがいないとまずい」

直秀さんは言う。

仰木さんはお手伝いさんなのか。お母さまの気持ちはわかるけど、やはりあげすぎはまるのためにならない。

「私、まるくんの世話をしたいです」

同居となってもふたりきりよりそのほうがいい。なにせ、偽の夫婦なのだし。

「それじゃあ決まり。唯人、まるの世話に必要なものそろえてくれる？」

「わかりました。奥さまにご報告してすぐにお持ちします」

三谷さんは楽しそうに奥へと入っていく。

「まる、よかったな。蛍に爪を立てるなよ」

直秀さんがまるの首のあたりを撫でると、気持ちよさそうにグルグルのどを鳴らした。

まるのおかげで、あれよあれよという間に同居が決定し、私は直秀さんのマンションに転がり込んだ。

津田家から帰る途中で私のアパートに寄ってもらって、必要なもの一式を持ってきたが、直秀さんのマンションに新しい私のベッドが用意されていて驚いた。

「この部屋は自由に使って。必要なものがあればこれで買っていいから」

彼はクレジットカードを私に手渡す。

「えぇっ、ブラック」

初めて見たブラックカードに腰が引ける。

「婚約者として発行してもらった。必要なものはこれでそろえていいから」

「いえっ。私が悪人だったらどうするんですか？　使うだけ使って逃げますよ」

こんなカード預かれないと彼に押し返したのに、「いいから」と戻されてしまった。

「悪人が逃げると宣告するか？　それに蛍は今の仕事を辞められない。逃げるとしても、このマンションからだけですぐに捕まえられる」

おっしゃる通りで。病院に行けば間違いなく捕獲できる。

「少なからず、嫌な思いをさせてしまうかもしれない。だから、その代償だと思って遠慮なく使ってほしい」

専務のことを気にしているのか。どうやら私たちの結婚を歓迎していないようだし。

「それではお預かりします」

引いてくれそうにないので、これでまるの餌を買おうと思った。

「まる」

直秀さんがキャリーを開けると、まるはあたりを見回している。

「餌をやってくる。蛍は片づけして。力がいることは俺も手伝うから」

「大丈夫です」

「うん」

直秀さんはまるを抱き上げて、リビングに向かった。

八畳ほどの広さの洋室のクローゼットに洋服を片づけ始めてふと手が止まる。

「結婚……かぁ」

新婚生活が始まるというのに、こうしてひと部屋与えられて、まるで居候でもする気分だ。この結婚は期間限定の契約結婚なのだから当然といえば当然だが、一抹《いちまつ》の寂しさを覚える。

……って、なにを考えているんだろう。

私は再び手を動かし始めた。

簡単に片づけたあとリビングに顔を出すと、Tシャツとチノパンに着替えた直秀さんがまるを膝に抱いて転寝《うたたね》をしている。まるも同じように寝ていて、微笑ましい光景だった。

突然始まった同居だけれど、せっかく縁のあった人だ。一年間楽しもう。

そんなふうに思った私は、自分のストールを持ってきて直秀さんにかけてから自室に戻った。

あきらめ癖は直します

それから私たちのかりそめの新婚生活が始まった。

まるは甘えん坊で、いつも私か直秀さんのそばにいたがる。平日の日中はふたりともいないので寂しいのだろう。

同居を始めて三日。その日も、帰宅すると玄関にまるが走り出てきた。

「ただいま、まる。いい子にしてた？」

しつけがきちんとできているまるは、トイレも最初に失敗しただけですぐに慣れてくれた。

「直秀さんはまだ帰ってないよね」

暗いリビングに視線を移す。

私も残業はあるけれど、彼が帰ってくるのはいつも二十一時を回る。たまたま忙しい時期なのか、それともこれが普通なのかはわからない。

家事は分担して。食事も別でいいと言われたので、昨日までは簡単な夕食を作ってひとりで食べていたが、彼が遅くに帰ってきてコンビニ弁当を食べているのを見てしまったのでなんとかしたいと思っていた。

こんなハードな生活をしているのに、毎日適当な食事では体を壊す。

「まる、直秀さんのお食事作ってもいいよね？」

私の料理が大企業の御曹司の口に合うとは思えないけれど、コンビニ弁当を食べているくらいなので食べてくれるような気がする。

まるに直秀さんの日常を聞けたらいいのに……。

キッチンに立った私は、早速調理を始めた。

外食では不足しがちな野菜を多めにしたいと思い、筑前煮に。ほかには鶏《とり》ムネ肉の和風マリネとなすのみそ汁をこしらえた。

「ねぇ、まる。直秀さんはなにが好きなの？」

中華を食べに行ったとき、聞いておけばよかった。私はチョコだなんて場違いな発言をしたのに。

私の足下で丸まっていたまるは、そのうち飽きてどこかに行ってしまった。

料理ができたものの、直秀さんが帰ってくる気配はない。こんなとき、本当の夫婦なら、少し遅くなるなんてメッセージでも入るところだろう。でも、私たちの間にはそんなやり取りはない。そもそも仕事に没頭するために選んだ結婚なので、今の形が正しい。

一緒に食べたくて二十一時まで待ったものの、もしかしたら待っていることが彼の負担になってしまうかもしれないと急に不安になり、自分だけ先に食べた。

大きなお風呂にも浸かり、洗面所で髪を乾かしていた二十二時過ぎ。ニャンというまるの鳴き声がしたかと思うと、玄関のドアが開く音がした。直秀さんだ。

半乾きの髪のままで出迎えに行くと、彼は少し驚いた顔をする。

「おかえりなさい」

「ただいま。蛍、俺のことはいいから髪を乾かしておいで。風邪をひく」

「あっ、はい」

ふたりで食事をしたいと期待しすぎていたからか、彼の帰りが待ち遠しくてたまらなかった私は、俺に構わなくていいと線を引かれたように感じてしまう。

もちろん、彼は純粋に私の心配をしてくれただけなのだろうけど。

直秀さんは今日もコンビニの袋を下げていた。やはりおせっかいだったかもしれないと緊張が走ったけれど、リビングに行った彼が「蛍」と私を呼ぶので入っていく。

「はい」

「これ、もしかして俺の？」

「……余計なことをしてごめんなさい。食生活が乱れているように思ったので、あのっ……」

もしかしたら彼が結婚したくないのは、こういう余計な行為をしてほしくないからなのかも。自分のペースで自分の好きなものを食べ、自由気ままに生活したいがための契約結婚であれば、私のしたことは不愉快なはずだ。

言葉が続かなくなりうつむくと、脚にじゃれついていたまるを抱き上げた直秀さんが口を開いた。

「まる、見たか？　蛍が俺のためにこんなうまそうな料理を作ってくれたぞ」

「えっ……？」

「蛍。忙しいのにありがとう。外食に行くのも疲れるし、ここのところコンビニ弁当ばかりで、正直うんざりしてたんだ」

迷惑ではないの？

「俺、料理はまったくできないし、かといって蛍に頼むのも悪いと思って――」

「作らせてください」

まさか、遠慮していただけなんて。

前のめりになって言うと、彼はきょとんとしている。

「けど、大変だろ？」

「忙しいときはパスさせてもらいます。でも、私もひとりで外食するのは好きじゃなくて、自分の分は作るんです。お口に合うかどうかわかりませんけど」

「そうしてもらえるとすごくありがたい」

嫌がられていなくてよかった。

「私、先にいただいてしまって……」

「もちろんそれでいい。早く帰れるときはメッセージを送るよ」

「お願いします」

一緒に夕飯を食べられるかもしれないと思うだけで胸が弾むのはどうしてだろう。

結婚、結婚と周囲に追い立てられて少しうんざりしていたけれど、新婚生活にあこがれがあったのかもしれない。

「温めますから着替えてください」

「ありがとう。でも、その前に」

まるを下ろした彼は、リビングを出ていったもののすぐに戻ってきた。その手にはドライヤーが握られている。

「そこ座って」

「えっ？」

「食事のお礼に乾かしてやる」

「い、いえっ、自分で」

そんなことはさせられないと拒否したのに、彼に腕を引かれてあっさりソファに座らされた。

優しく髪に触れながらドライヤーをあてられて、なぜか鼓動が速まっていく。こんなこと、幼い頃に母にしてもらって以来だ。

「蛍の髪、きれいだね」

「あ、ありがとうございます」

髪を褒められているだけなのに、赤面しそうだ。

半分乾いていたのですぐに終わったが、彼が私の髪を一束すくい、鼻の近くに持っていくので目を丸くする。

「いい香りだ」

「直秀さんと同じじゃ……」

彼はなかなかいいシャンプーを使っていて、私もそれを借りているのだ。

「そうだけど。こういうの、新婚って感じだな」

そのひと言にドギマギするのは男性経験が豊富じゃないから？

「蛍のご両親に挨拶できたら、籍を入れよう。一応、いい日を見ないと」

「そ、そうですね」

破局が決まっているのに日を選ぶなんて意外だったけれど、結婚は結婚だ。そういう気遣いがあってもおかしくはないとうなずいた。

「お食事温めますね」

「お願い。着替えてくる」

彼との距離が近くてしどろもどろになる。

ドライヤーの音が嫌いなのか少し離れていたまるが、直秀さんのあとをあたり前のようについていくのがかわいかった。

温め直した料理をテーブルに置いた頃、直秀さんが戻ってきた。なんとなくここにいるのがいたたまれなくて自室に戻ろうとすると「蛍」と呼ばれて振り返る。

「なんでしょう？」

「昨日から少し元気がないように感じるけど、平気？」

「えっ……」

いつもと同じにしているつもりだったのに、そんな質問にドキッとする。

「ひとりは寂しいから座らない？　ビールどう？」

彼にイスを引かれて舞い戻ることになった。

すっぴん姿をまじまじと見られるのはいたたまれないけれど、これから一年も隠してはおけない。思いきって顔を上げて、冷蔵庫から出してくれたビールを受け取りコップふたつに注いだ。

「なにに乾杯しようか」

なにか楽しかったことはと考えを巡《めぐ》らせて口を開く。

「そうだ。幸平くんがプリンを食べられたんです！　それに乾杯……いえ、なんでもありません」

幸平くんは脳腫瘍と闘っている小学生の男の子だ。症状が思わしくなくあおぞら教室をお休みし、授業はベッドサイドで少し会話を交わすのみ。しばらく点滴だけで生活していたのだが、ようやく口からものを食べられたと報告があってすごくうれしかった。

けれども、直秀さんにはまったく関係ないと取り消したのだ。

「そうか。それじゃあ幸平くんの回復に乾杯」

「あ……。乾杯」

顔をほころばせる直秀さんが優しい人でよかった。

「はー、仕事のあとの一杯は最高だ」

彼は笑顔で筑前煮を口に運ぶ。私はその様子をドキドキしながら見守った。

「うまい」

「よかった」

あんな由緒正しき家庭に育った彼に、一般家庭の料理は合わないのではないかと心配していたのでホッとした。でも、コンビニ弁当食べてるか。

「蛍もひと口どう？」

「ん？」

箸でつかんだレンコンを顔の前に差し出されて首を傾げる。

「口開けて」

食べさせようとしているの？

驚きすぎて固まったものの「ほら」と急かされ素直に口を開く。

放り込まれたレンコンを咀嚼しながら、恥ずかしさのあまり目を泳がせた。

「うまいだろ？　って、蛍が作ったんだけど」

こんなふうにお茶目に笑うんだ。

知らなかった彼の一面を発見した。

「それで、幸平くんは回復してるのに、今朝はどうして沈んだ顔してたんだ？」

今朝の様子で気づいたのか。

「実は、真奈香ちゃんが妙に明るくて……」

真奈香ちゃんにすでに会っている彼に打ち明けた。

「真奈香ちゃんって、あの？」

「はい。退院が延期になってしまった真奈香ちゃんです。私の前では苦しい顔も見せてくれたのに、吹っ切ったみたいに明るく振る舞っていて。病棟スタッフも私たちも助かるんですけど、私は空元気を見ているのがつらいんです」

彼女は吹っ切れたわけじゃないはずだ。好きな男の子に会えなくなるのに、そんなに簡単に割り切れないだろう。でも仕方がないと必死に自分を納得させようとしている。

今までにも、こんなふうに自分の気持ちを殺す子供たちをたくさん見てきた。

心で泣いて顔では笑って……。大人にも難しいことを彼女たちは易々《やすやす》とやってのける。けれども、心は傷だらけなのだ。

「そう……。それは……」

言葉をなくした直秀さんは箸を止めてしまった。

「ごめんなさい。私の問題ですから、お気になさらず。昨日の帰りにたまたま彼女に会って、『蛍ちゃん、彼氏によろしく』って笑顔で言われて。なんだかすごく無理をしているように見えたので気になって。今朝もそんなことばかり考えていたから暗かったですよね。すみませんでした」

互いに干渉し合わず気持ちよく仕事に励むための結婚なのに、余計な気を使わせてしまったと反省した。

「謝らなくていい。彼女、心配だな」

私の話を嫌がることなく聞いてくれる彼が小さなため息をつくのでうなずいた。

今日も真奈香ちゃんと会話を交わしたが、いつも通りの笑顔を見せてくれた。そのあと、幸平くんの話を聞いたので少し気分が上がったものの、やはり頭の片隅に彼女のことが引っかかっている。

「彼女、面会は許されてるの？」

「はい、できます」

「それって、病室の中じゃないとまずい？」

「というと？」

彼の言わんとすることがわからない。

「真奈香ちゃんが片思いの彼に会いに行けないなら、会いに来てもらったらどうかと思って。他人の目が気になるだろうから、例えば中庭とかにね」

「来てもらう？」

そういえば以前、ほかのクラスメイトと一緒にお見舞いに来てくれたことがあったようだ。翌日の彼女は人が変わったかのように明るくて、喜多川先生と『友達のパワーってすごいね』と話した覚えがある。

ただ、彼は放課後や休日も部活があるため、頻繁にというわけにはいかないようだ。

「そう。蛍が相手の男の子の名前や住所を調べてくれたら、俺が連れてきてもいい」

「本当に？」

「ああ。真奈香ちゃん、自分から来てほしいとは言いにくいだろ」

「そうですよね」

幼なじみでかなり仲はよいようだけど、同性の友達にお願いするのとは少しわけが違う。片思いをしている相手だから余計に。

「聞いてみます。今の病状だったら、中庭なら大丈夫だと思いますし。そちらもドクターに許可をいただきます」

「うん」

彼は満足そうに微笑み、再び食べ始めた。

「いきなり手伝わせてしまってすみません。お忙しいのに、ごめんなさい」

頭を下げると、彼はしいたけを咀嚼してから口を開く。

「蛍って、謝るのが趣味みたいだね」

「ん？」

「俺に謝ってばかり。俺、嫌なことはやらないから心配しなくていい。あと、もう夫婦になるんだから他人行儀なのはなしだ。一応夫なんだから、頼ってほしい」

そっか。一年限定の契約結婚だと宣言されて、必死になって線を引こうとしていたかもしれない。彼は仕事のためだけに私との結婚を選んだのであって、決して邪魔してはいけないと。

けれど、ふたりで協力し合えるなら素敵だ。あおぞら教室でもひとりでは無理だったとしても、何人かの力を集結したら可能になることもよくある。

「ありがとうございます」

「うん。……真奈香ちゃん、このまま別れたらきっと後悔する。精神的なダメージも、治療に影響するだろ？」

「その通りです。楽しいことがあってパワーがみなぎっているときは、治療にも積極的に取り組めます。検査結果が好転することもあるんです。でも、毎日痛い思いをして閉鎖された空間で過ごしている子供たちは、楽しい経験が少なくて……」

治療の空間を離れてあおぞら教室に来ている間だけでも、笑顔になってもらえることを目標にして授業をしているが、簡単ではない。

「そうだろうね。ただ、まだ実現するかどうかわからないから、さりげなく聞ける？」

「わかりました。やってみます」

私の気持ちまで高揚してきた。

真奈香ちゃんが退院できないなら彼のほうから会いに来てくれないかな？とひそかに思ってはいたけれど、こちらからアクションを起こそうなんて思いつきもしなかった。

「会えるといいな」

「そうだな。……蛍、いい顔してる」

そんな指摘をされると、妙に照れくさい。

「そう、ですか？」

「うん。生徒のために喜べる、いい先生だね」

私だけでなく、どの先生もそうだ。それはおそらく、子供たちが必死に生きているのを見ているからだと思う。どんなことでもいいから力になりたいと気持ちが動くのだ。

「そんな……」

「それじゃあ、もう一度乾杯だ。今度は真奈香ちゃんの恋がうまくいくことを願って」

恋がうまくいく？

私は片思いしている男の子がイギリスに発つ前に会えればそれで十分だと思っていたけれど、直秀さんはその先を見ている。

彼はすごい人なのかも。私があきらめてしまうことでも、当然のようにその先の目標を口にする。大企業を背負うだけの器があるように思える。

「そうですね。うまくいくといいな。乾杯」

私たちはもう一度乾杯を交わしてビールをのどに送った。

翌日、私は早速動いた。

午前中の授業が終わった真奈香ちゃんを呼び止めて、誰もいない教室で話を始める。

「真奈香ちゃんの幼なじみの男の子って、どこに住んでるの？」

「うちの隣だよ」

「隣なんだ。それじゃあ小さい頃から一緒に育ったんだね」

学校はずっと同じだと聞いていたが、それだけではなくまさに一緒に成長してきたようだ。

「そう。気がついたらふたりで遊んでたって感じ。孝也《たかや》、私よりずっと賢いから、違う高校に行くと思ってたのに、高校まで同じだったときは笑った」

そう言いつつも、うれしそうな顔をしている。

「真奈香ちゃんの家、浦安《うらやす》だっけ？」

あの夢の国の近くだと聞いた覚えがある。

「そうそう。お母さんが家の一階で『プチレーヴ』っていう洋菓子屋をやってるの。蛍ちゃん食べたことなかったっけ？」

「ない。買いに行く！」

お母さんがなにかお店をやっているのは聞いたが、洋菓子屋だとは知らなかった。

「今度持ってきてもらうよ。いつも看護師さんのお腹に入っちゃうから、蛍ちゃんまで回ってこないね」

浦安のプチレーヴの隣に住んでいる孝也くん。

これだけの情報でわかるだろうか。

あまり根ほり葉ほり聞いても怪しまれそうだ。

「孝也に会いたかったな……」

真奈香ちゃんがぽつりと漏らした言葉には、深い悲しみが見え隠れしている。

きっと彼女はそれを目標に治療に励んできたはずだ。

「そうだよね」

孝也くんにコンタクトを取っていない今、『会えるよ』とは言えなくて濁した。

「蛍ちゃんはいいよね。好きな人と結婚できるんだもん」

唇を噛みしめる彼女が、私に嫉妬しているのがひしひしと伝わってくる。

「真奈香ちゃんだってこれからでしょう?」

今後もずっと体調を気にしながらの生活が続くだろう。でも、恋に落ちて結婚することももちろん可能だ。

「……蛍ちゃんにはわからないよ」

「えっ?」

「だって、外食もまともにできないんだよ。塩分控えてたんぱく質もダメ。太っても叱られるし、カリウムの量なんてわかんないって!」

ずっと明るく振る舞っていた真奈香ちゃんが、目にいっぱい涙をためて声を荒らげる姿が痛々しくてなにも言えない。

ただ、ようやく気持ちを吐き出してくれたとどこかで安心もしていた。壊れてしまいそうだったからだ。

「こんな面倒な恋人欲しい？　もう、ヤダ……」

大粒の涙を流し始めた彼女を抱きしめることしかできなかった。

離婚の決まった契約結婚とはいえ、私は直秀さんと普通にデートができる。塩分計算なんてせずに好きなものを口にできる幸せをわかっていなかった。

しばらく嗚咽《おえつ》を漏らしていた真奈香ちゃんだったが、そっと離れていく。真っ赤に目を腫《は》らした彼女は、頬を大雑把《おおざっぱ》に拭った。

「ごめんね、蛍ちゃん。私、八つ当たりしちゃった」

「ううん。……ねぇ、真奈香ちゃん。いつも優等生じゃなくていいんだよ。こうやってつらいって叫んでいいんだから」

彼女がわがままを言う姿は記憶にない。両親も物分かりがよくて素直ないい子だと話していたし、ドクターやナースからも彼女に手を焼いたという話は聞こえてこない。

「でも、もういっぱい迷惑かけてるから」

再び彼女の頬に涙が流れる。

こうやっていつも我慢しているのだろう。

「ほんと優しいんだね。それじゃあ、私の前では解禁。毎日五分でもいいから話をしよう。なに言ってもOKだからね」

「うん」

力なく返事をした彼女だけれど、少しだけ顔がほころんだのがうれしかった。

その日、仕事が終わるとすぐに病院を出た。もちろん、孝也くんに会いに行くためだ。

駅で直秀さんにメッセージをしたけれど、仕事中なのか既読がつかない。

孝也くんが旅立つ日まで時間がないと焦る私は、とにかく彼に会わなくてはと電車に飛び乗った。

真奈香ちゃんのお母さんがお店をやっていてくれて助かった。プチレーヴはネットで検索したらすぐにヒットして住所がわかったので、胸を撫で下ろす。

電車を降りた頃、直秀さんから電話が入った。

『遅くなってごめん。向かってるの？』

「はい。近くまで来ました。孝也くんの家に行ってみます」

『もう暗くなるじゃないか。俺も行くから待ってて』

そう言う彼の電話越しに『部長、この書類――』という男性の声が聞こえてきて、まだ仕事中なのだとわかった。

「いえ、大丈夫です。お仕事頑張ってください。また連絡します」

私はそこで電話を切った。

彼は頼ってほしいと話していたけれど、これは私がすべき仕事だ。会いに行けないのであれば来てもらえばいいというヒントをもらえただけでもありがたい。

仕事に専念したくて私との結婚を選択したのに、その仕事の邪魔をするわけにはいかない。

スマホの地図を頼りに歩くこと二十分。すでに太陽は沈み、もうすぐ十九時半になろうという頃、ようやくプチレーヴを見つけた。

両隣の家を訪ねてみようと思ったとき、東隣の家の前にたくさんのごみ袋が積まれているのに気づいた。

「ここだ。中島《なかしま》さん……」

引っ越しの準備でごみが大量に出たのだとピンときた私は、その家のチャイムに手を伸ばす。

『はい』

高く澄《す》んだ声のお母さまらしき人が対応してくれた。

「私、野上総合病院のあおぞら教室で教師をしております月島と申します。失礼ですが、こちらに高校二年生の孝也くんはいらっしゃいますか？」

『あー、真奈香ちゃんの？　ちょっと待ってください』

正解だったかも。

お母さんの反応に期待が高まる。

ほどなくして玄関先に出てきたのは、孝也くん……ではなく、ショートカットの似合うお母さまだった。

「孝也、出かけていまして。どんなご用ですか？」

会えると思ったのもつかの間、孝也くんがいないと聞き肩を落とす。でも、つながったのだから大丈夫だ。

「海外にお引っ越しされるとお聞きしまして――」

私は真奈香ちゃんの退院が延びてしまったことや、会わせてあげたいと思っていることを話した。

「そうでしたか。真奈香ちゃんとは仲がよかったんですけど、成長するにつれ男の子の友達ばかりになりましてね。もうあまり付き合いがないのかと思ってました。真奈香ちゃん入退院を繰り返しているし、なかなか会えないでしょう?」

たしかに高校生くらいになると、恋人同士でもなければ男女がふたりで遊ぶ機会は少なくなるかもしれない。しかし、メッセージのやり取りはしているはずだ。

学校行事の様子の写真をスマホで見せてもらったことがあるけれど、真奈香ちゃんはクラスメイトから送ってもらったと話していた。しかも男の子からだと。多分孝也くんだ。高校生にもなれば交友関係についていちいち親に報告なんてしないだろうし。

「そうですね。ただ真奈香ちゃん、幼い頃から孝也くんにたくさん励ましてもらったことを感謝していて、きっとお礼が言いたいと思うんです」

もちろん恋心は伏せておく。

「それは孝也も喜びます。でも、実は出発が少し早まって、明日の午後の便になったんです」

「明日?」

「それで孝也は、急遽《きゅうきょ》お友達のところで送別会を開いてもらっていて、今日は遅くなると」

「そう、でしたか……」

せっかく孝也くんを見つけたのに、頭が真っ白になった。

ううん。まだ時間はある。あきらめたらダメだ。

私の前で涙をこぼした真奈香ちゃんの顔を思い浮かべて気合を入れ直す。

「今日、帰ってはいらっしゃるんですよね？」

「はい。孝也は今日で学校は終わりでしたけど、ほかの子たちは明日もあるので。十一時までには帰るように言ってあります。伝言しておきますか？」

「大丈夫です。突然申し訳ありませんでした」

私は丁寧に対応してくれたお母さんに頭を下げた。

伝言してもらうだけではダメなのだ。本人と話をして、真奈香ちゃんに会いに行くという返事が欲しい。

「待つか……」

さすがに友達の家に押しかけるのは非常識だ。孝也くんだって友人との最後のひときを楽しんでいるはずなので、水を差すわけにはいかない。

私は中島家から一旦離れて、近所にある小さな公園に向かった。ここからなら中島家の玄関が見える。

ベンチに座ってスマホを取り出した瞬間震えだしたので、驚いて落としそうになった。

「も、もしもし」

『蛍、今どこ？』

直秀さんだ。

「浦安です。孝也くんのお母さまに会えたんですけど、孝也くんはいなくて。出発が明日の午後に変更になった――」

『明日？』

私の発言を遮る彼も、驚いているようだ。

「はい。もう時間がないんです。十一時までには戻ってくるそうなので待ってみます。いろいろありがとうございました」

彼に背中を押されなければ、手遅れになるところだった。

『ありがとうございましたって……夜遅くに妻をひとりでうろうろさせる夫がいるか？』

「いると、思いますけど……」

なんとも間抜けな答えだと思いつつ、どう返したらいいのかわからずそんな返事になる。

『はぁー』

盛大なため息が聞こえてきて、冷や汗が出た。

『俺、そんな薄情なヤツだと思われてるんだ』

「そうじゃなくて」

そうか。私は忙しい直秀さんを振り回したくなかっただけなのに、そういう解釈になってしまうのか。

『じゃあ、なに？』

「直秀さん、さっきだって仕事中だったでしょう？　仕事に集中したいから私と結婚するのに、邪魔しちゃいけないと思って」

正直に伝えると、しばらく沈黙が続く。

怒らせた？

『たしかに、そういう約束で結婚を決めた。でも、夫でいる間は夫の役割は果たすつもりだ。もう仕事は終わった。今いるところの住所教えて』

甘えてもいいのかな……。

正直、明かりの少ないこの場所でひとりで待つのは怖い。

迷ったものの、住所を知らせた。

ついさっきまで空には星が瞬いていたのに、流れてきた雲に覆われてしまった。住宅街の中にあるここは時折人が通るものの静かで、風が木の葉を揺らす音でビクッと震えるありさまだ。

電話から二十五分。【渋滞にはまった】というメッセージが来て、肩を落とした。

さっきまでひとりで待つつもりだったのに、完全な強がりだった。直秀さんが来てくれると思うと〝早く〟という気持ちがあふれてくる。

それからさらに二十分。中島家を見つめながらひたすら待っていると、車が路肩に停車して直秀さんが降りてきた。

「蛍」

「はい。……えっ？」

私の名を呼んだ彼がいきなり抱きしめてくるので、たちまち鼓動が勢いを増す。

「無事でよかった」

そんなに心配していたの？

たしかに、ひとりで待っているのは心細かったものの、大げさすぎると驚いてしまった。

「大丈夫ですよ？」

「まったく！　蛍は自分を過小評価しすぎだ。俺なら即襲う」

「は？」

今、襲うと聞こえたような……。

彼は背に回した手の力を緩めて、私の顔を覗き込む。

「お前は俺の妻なんだ。妻の自覚を持て」

「……はい。ごめんなさい」

妻の自覚というものがどういうものなのかピンとこないけれど、承諾しなければ許してもらえない雰囲気だ。お見合いのとき、私を手のひらで転がしていた人とは思えないほどの動揺ぶりに、呆気に取られてしまった。

でも、それだけ心配してくれたのだろう。

「それで、孝也くんはまだ？」

「はい。あのお宅なんですけど」

「車で待とう。先乗ってて」

私に鍵を渡した彼が離れていくので首をひねりつつも、言われた通りに助手席に乗り込んだ。

すぐに戻ってきて運転席に座った直秀さんは、缶コーヒーを二本持っている。自動販売機で買ってきてくれたらしい。

「蛍は甘いのな」

「ありがとうございます」

彼はブラックのようだ。

「それと……」

いきなり助手席のほうに身を乗り出してくるので体を硬くした。さっき抱きしめられたときの感覚がよみがえってきて、照れくさくてたまらない。しかし、彼はダッシュボードを開けただけだった。

彼が取り出したのは、アーモンドチョコレート。

「チョコ！」

あんな些細《ささい》な会話を覚えていてくれたんだ。

「俺も疲れたら口に入れるようにしたんだ。イライラが落ち着くな」

「直秀さんがイライラすることなんてあるんですか？」

余裕のあるできる人という印象なので意外だった。

「四六時中だ。俺はサイボーグじゃない」

「たしかに……」

多分、私みたいにいちいち顔に出さないのだろう。それができるだけでも十分に大人なのだけど。

「夕飯、食べてないだろ？」

「忘れてました」

孝也くんに会いたい一心で、夕飯なんて頭から飛んでいた。

「忘れてたって……。なにか買ってこようかと思ったんだけど、とにかく蛍が心配で、それしかない。ごめん」

忙しいのに駆けつけてくれたのだから、謝る必要なんてない。

「とんでもないです。直秀さんは食べたんですか？」

「いや。でも昼飯が四時だったからそれほど腹は減ってない」

「四時⁉」

やっぱり忙しいんだ。

「チョコを持ってたから大丈夫」

彼は私を見て優しく微笑む。

「お役に立てて光栄です。直秀さんもひとつどうぞ」

「うん」

彼は私が差し出したアーモンドチョコをひとつ手にして、なぜか私に向ける。

「蛍が先だ」

「ありがとうございます。いただきます」

その手はなんなのだろうと思いつつ、チョコの箱に手を伸ばすと「違う」と不機嫌な声が聞こえてくる。そして、持っていたチョコを私の口元に近づけた。

まさか、また食べさせようとしているの？　夫婦ってこれが普通なの？

「えっ……ん……」

戸惑ううちに、チョコを強引に口の中に入れられた。そのとき、彼の指が唇に触れたのでドキリとする。

しかしなんでもない顔をした直秀さんはもうひとつ手に取り、今度は自分の口に放り込む。そのとき、私の唇に触れた人差し指が彼の唇にも触れているのを見てしまった。

間接キスじゃない……。

そんなことを考えてしまい、たちまち心臓が早鐘を打ち始める。

高校生でもないのに、これくらいのことで動揺してどうするのよ。

そう自分に言い聞かせたものの、胸の高鳴りは抑えられなかった。

「甘いな」

「チョコ、ですから……」

どうしよう。顔が赤くなっている気がして、彼のほうを向けない。

「蛍、どうかした？」

「いえっ、なんでも──」

『ない』と言おうとした瞬間、彼が私の耳に触れるので一瞬息が止まる。

「耳が赤いけど」

「違っ」

鋭い指摘に、慌てて両手で耳を押さえた。

「そんなに慌てて。もしかして……」

意味ありげな言葉をつぶやく直秀さんは、耳に触れていた手を頬に移した。

「蛍。こっち向いて」

「い、いいです」

妙な色香が漂う彼の声は、私の鼓動をさらに速める。

「照れてるんだ。かわいいな」

「いや、あのっ……」

「ますます赤くなった」

彼は、私の耳元に口を寄せてささやいた。困ったことに、そのどこか官能的で甘い声が耳に残っていつまでも消えてくれないため、さらに赤くなっている自信がある。

「か、からかわないでください」

「からかってなんていないよ。蛍のかわいいところ見つけただけ」

余裕の直秀さんは、クスッと笑いながらようやく離れていく。息が止まりそうになっていた私は、こっそり深呼吸した。

「それにしても、明日引っ越しっていうのは……」

思いがけない甘い戯《たわむ》れにうろたえていると、直秀さんはいたって平然と言う。

「真奈香ちゃんは病室を抜けられそう？」

そう尋ねられて、なんとか気持ちを落ち着けた。

「はい。病院を出る前に、看護師の高原さんに耳打ちしてみたんです。そうしたら、中庭くらいならまったく問題ないと。一応、主治医に伝えておくと言ってくれました。あおぞら教室のほうはもちろんＯＫです。私も少し抜けても大丈夫かと」

あおぞら教室の先生は生徒第一主義なので、こうしたときに異を唱える人は皆無だ。

「そう。あとは孝也くんだな」

「どうしてこんなに手伝ってくれるんですか?」

いくら結婚するからといって、私たちは仕事に打ち込むために夫婦を演じるだけ。それなのにこれほど親身になってもらえるのが不思議で、口から漏れた。

「うーん。思い出したんだ」

「思い出した?」

「……いや、なんでもない。目いっぱい頑張る真奈香ちゃんと、彼女を支える蛍の力になれればと思っただけ」

思うのは簡単でも、実際に行動に移すのは難しい。彼の行動力と思いやりに感謝しなければ。

ただ、〝思い出した〟というのが少し気になる。

「助かります。私、院内学級の教師としては未熟すぎて、直秀さんに孝也くんに来てもらえばいいと言われるまで、それにも気づきませんでした。でも、自分からもっと積極的に動けばいいんだと叱られた気分でした」

小児科のドクターやナースは院内学級に協力的な人が多い。けれども、他科のドクターの中には無理してまで通わなくていいと切り捨てる人もいる。だから私たちも腰が引けてしまい、いつの間にかあきらめることを覚えてしまった。

でも、彼らにとって院内学級は必要な場所なのだ。ベッドの上でひとりで過ごしているとと徐々に感情を失っていく。苦しい、痛い、逃げ出したいという思いに支配され、さらにはそれを我慢することを覚える。

そんな子供たちが、どんな感情を持ってもいいのがあおぞら教室だ。泣いてもいいし、笑ってもいい。それが一分ごとに変化しても誰も責めたりはしない。そんな場所であり続けなければならないと思っている。

それなのに、子供たちよりもあきらめ癖がついた先生などいらない。

「叱ったのか、俺。ごめん」

「いえ。もちろん、教えてもらえてありがたいという意味ですよ」

慌てたものの、彼はわかっているようだ。口角を上げてうなずいている。

それから彼といろんな話をした。あおぞら教室の行事や、子供たちの頑張りを話しているとあっという間に時間が過ぎる。

「蛍はいい先生だね」

「まだまだです。感情移入しすぎて私が動揺したりして、いつも喜多川先生に叱られてます」

喜多川先生は〝優しすぎる〟という言い方をしてくれるが、いちいち動じるなという意味だと思う。こちらの戸惑いが、ただでさえ不安でいっぱいの子供たちに伝わってはならないからだ。

「俺はいいと思うけどね。一緒に悔やんでくれたり、泣いてくれたり……。そんな先生がいてくれたら、きっと救われる」

「私の場合、当事者の子供たちより心が揺れるのがいけないんですよ。ただ……平気そうにしているからって、子供たちの心が乱れていないわけではないというのはわかっておかなくてはと思っています」

元気に振る舞っていた真奈香ちゃんのように。

頑張っては自分の体に裏切られ……ということを繰り返し経験してきている子供たちは、いつの間にか苦しくても顔に出さなくなる。けれども、動揺していないわけではないのだ。

「そうだね。……蛍」

「はい」

直秀さんのほうに顔を向けると視線が絡まり合い、心臓が跳ねる。先ほどとは違う真剣な表情で彼は続ける。

「そういうところ、なくさないでほしい。だけど蛍が苦しくなっては本末転倒だ。夫として役に立てることがあれば言って」

「……ありがとうございます」

結婚って、もしかしたらいいものなのかも。

結婚して出産したら仕事との両立はきついだとか、家のことを優先すべきだとか、散々周囲から聞かされていた私は、結婚そのものにいいイメージを抱けなかった。だから、いつか結婚するとしても今はまだそのタイミングではないと思い込んでいたけれど、直秀さんのような理解ある人との結婚ならば、心地いいのかも。

ふとそんなことが頭をよぎったけれど、私たちの結婚は単なる契約だ。一年後に別れると決めているのだから、あまり深入りするのもよくない。

「あれ、そうじゃない？」

時計が二十二時半を指そうとする頃、背の高いすらりとした体形の男の子が姿を現した。彼は中島家の前でバッグの中をガサゴソしている。鍵でも探しているのかもしれない。

「そうかも」

「行くぞ」

私たちはすぐさま彼に駆け寄った。

「こんばんは。中島孝也くんですか？」

私が声をかけると、彼は戸惑いながらもうなずく。

ようやく会えた。

「私、野上総合病院のあおぞら学級で――」

「蛍ちゃん？」

自己紹介しようとすると、名前を言われて驚いた。

「そうです」

「真奈香がいつもメッセージくれるんです。おせっかいな蛍ちゃんという先生がいるって」

お母さんは疎遠になっていると話していたが、やっぱりつながっているんだ。

「あ……おせっかいとかごめんなさい」

ばつが悪そうに謝る彼は、とてもしっかりした男の子のようだ。

「いえっ、多分本当のことだから。改めて月島蛍です。こちらは……」

隣の直秀さんをどう紹介しようと考えていると「蛍の夫です」と堂々と答えてくれて、くすぐったい気持ちになる。

「旦那さんでしたか。真奈香がどうかしましたか？」

「引っ越しちゃうと聞いて、最後に会ってもらえないかなとお願いに来たんです」

なんと答えが返ってくるのだろう。わざわざ会うのは面倒だと言われる可能性もある。今の時代、メッセージでなんでも伝えられてしまうからだ。

でも、真奈香ちゃんは絶対に直接会いたいはず。

「会えるんですか？」

「えっ？」

「真奈香に引っ越しを知らせて、退院したら会おうって話してたんです。でも、退院が延期になったって……。それじゃあ面会に行くって伝えたら、親族以外は面会できないと返ってきて」

面会できない？

真奈香ちゃんの病状はそこまで深刻ではなく、面会は自由にできる。あおぞら教室にも毎日通っているのに、どうしてそんなふうに伝えたのだろう。

「今日もメッセージを送ったんですけど、既読はついたのに返事がなくて病状がよくないのかと心配してたんです」

「退院は延期になったけど、順調に回復してるよ。でも、どうして……」

『孝也に会いたかった な……』と涙を流していたのに、面会を断ったのはどうしてだろう。

「あっ……」

あのとき真奈香ちゃんは『こんな面倒な恋人欲しい？』と吐き出した。もしかしたら、孝也くんに負担をかけたくない彼女は、会いに来てほしいという気持ちを呑み込んでわざと遠ざけるような態度を取ったのかもしれない。

「俺、嫌われるようなことしたかな？」

「違う。真奈香ちゃん、治療を頑張ってるのに思い通りにならない自分の体に落ち込んでて……」

「アイツ、バカだな。また我慢してるのか」

落ち込んでいると話しただけなのに、彼は真奈香ちゃんが孝也くんに遠慮していることを察したようだ。しかも〝また〟って。そういう真奈香ちゃんをずっと見守ってきたのだろう。

「面会できるなら会いたいです。でも、朝の十一時には羽田《はねだ》にいないといけなくて。面会って、午後しかダメですよね」

孝也くんは苦々しい顔で肩を落とす。

「そこは任せて。明日は中庭で真奈香ちゃんだけの特別授業をします。そうすれば会えるから」

病棟にはルールがあるため、よほどのことでないと決められた面会時間内しか入れない。それなら、授業の一環にしてしまおうと考えた。中庭までの外出許可は得ているし、普段から授業と称して、いつも病室にこもりっぱなしの子供たちを連れて屋上に行き、空を眺めることもあるのだ。

「本当ですか？」

「うん。だけど、回診のときは病室にいないといけなくて、院内学級が始まるのは九時半なの」

「空港には俺が車で送ろう。車なら、十時過ぎに出れば間に合う」

直秀さんが口を挟む。

車なら電車を乗り継ぐより早く着く。きっとギリギリまでふたりに時間をあげたいのだ。

「お願いしていいですか？　このまま別れるのは俺も嫌で。でも、真奈香の治療の邪魔はできないしと思っていたんです」

孝也くんが本当にうれしそうなので、待っていてよかったと思った。

「もちろん」

直秀さんは快諾した。

翌朝。私はあおぞら教室でひたすら真奈香ちゃんが姿を現すのを待った。九時半に孝也くんが中庭に来てくれることになったのだ。

「来た」

九時二十分過ぎに真奈香ちゃんは姿を現した。

彼女を担当している喜多川先生にはあらかじめ事情を話して許可を得ている。もちろん『よろしく』のひと言だ。

「蛍ちゃん、おはよ」

彼女は笑顔で挨拶をするものの、目が真っ赤だ。孝也くんが今日発つと知っていて、布団の中で泣き明かしたのかもしれない。

朝の看護師との電話連絡でも、精神的に不安定な様子という報告を受けている。

「おはよ。今日は特別授業をするから、こっち」

私は彼女が教室に足を踏み入れる前に腕を取り、もと来た廊下を戻り始めた。

「なに？　蛍ちゃんがやるの？」

「そう。すごく大事な授業なの」

腰が引け気味の彼女をグイグイ引っ張る。

中庭に出るとふわっと風が吹いてきて、彼女の長い髪を揺らした。

――いた。

孝也くんはすでに来ていた。先に進もうとしたのに、真奈香ちゃんの足がピタッと止まる。孝也くんを見つけたのだ。

「なんで？」

「遅せぇ。お前、俺に嘘をつくとか何様だよ！」

孝也くんはそんなことを言いながら近づいてくる。

「な、なにしに来たのよ」

たちまち瞳を潤ませる真奈香ちゃんは、悪態をついた。

「なにって、お前に用があったから」

私たちの前で止まった孝也くんは、うつむいた真奈香ちゃんをまっすぐに見つめる。

私はふたりからそっと離れた。

「私は用なんてない」

苦しげな顔をしてどこまでも意地を張る真奈香ちゃんが痛々しい。こうやって我慢を重ねてきたのだろう。

「お前はなくても俺はあるんだよ。……俺、午後の飛行機で発つ」

「知ってる。で？　お別れに来た？」

ぶっきらぼうに答える真奈香ちゃんは、つらいに違いない。唇を噛みしめて顔をゆがめた。

「約束しに来たんだ」

「約束？」

「そうだ、約束。俺、大学はこっち戻ってくるから」

孝也くんの発言に驚いたのは私だけではない。真奈香ちゃんは目を見開いて彼をじっと見ている。

「俺、医学部行くつもりだ。日本で医者になる。だから戻ってくる」

「お医者さん？」

そうか……孝也くんは真奈香ちゃんを治したいんだ。

勝手な憶測だけれど、はずれてはいない気がする。そうでなければ、真奈香ちゃんにこんな宣言はしないはず。

「お前さぁ、我慢ばっかりしてるんじゃないよ。もう十分頑張ってるだろ」

孝也くんがそう口にした瞬間、真奈香ちゃんの目から涙があふれ出した。

「俺に泣きつけよ」

「そんなことできない」

涙を拭う真奈香ちゃんは首を小さく振っている。

「俺、お前を支えられるようなでっかい人間になるから」

「孝也……」

「いい加減気づけ。お前が好きなんだよ。離れてる間に好きな男ができても奪うからな」

孝也くんの、ちょっとぶっきらぼうで、でも男らしい告白に、私まで涙を我慢できなくなる。

直秀さんが言った通りだった。真奈香ちゃんの恋は成就したのだ。

「……あっ」

涙が頬に伝った瞬間、うしろから腕を引かれて驚いた。

「蛍はここで泣け」

「直秀さん……」

いつの間にか直秀さんが来ていて、腕の中に閉じ込められる。

「少しふたりきりにしてあげよう」

「はい」

直秀さんは私の肩を抱いて、その場から離れた。

この時間はほとんど人が来ない渡り廊下まで行くと、直秀さんの足が止まった。

「朝の仕事をパスできたから、孝也くんを迎えに行ってきたんだ」

「そんなことまで……。すみません」

空港まで送ってもらえるようには頼んだけれど、そこまでしてくれたとは。

「いつも残業の嵐だから、たまにはいいだろ。営業の特権」

彼は優しく微笑み、私の頬の涙をそっと拭う。

「俺も、ふたりを見守りたかったんだ。孝也くん、高校生とは思えないほどしっかりしてる」

それには同意だ。高校生であんな言葉が言える子はなかなかいないと思う。

「真奈香ちゃんのおかげだろうな」

「真奈香ちゃんの？」

「そう。真奈香ちゃんが必死に治療に耐える姿を見て、自分も踏ん張らないとと思ったんじゃないかな」

「そっか」

真奈香ちゃんは孝也くんの重荷になりたくないと考えていたかもしれないけれど、いい影響も与えていたんだ。

「孝也くん、学校を休みがちで孤立する真奈香ちゃんのそばにいたくて、高校も一緒のところを受けたみたいだ」

「そうだったんですね」

そういえば真奈香ちゃんが『私よりずっと賢いから、違う高校に行くと思ってた』と話していた。

「それなのに真奈香ちゃんが離れようとするって。でも彼、真奈香ちゃんが距離を取るたび『助けて』って叫んでる気がすると。『なんとかしてやりたいんですよね』と、いい顔で話してた。あのふたりは大丈夫だ」

「はい」

直秀さんの話を聞いて、ふたりはきっと二年弱の別れを乗り越えられると確信した。

「さて。残念だけどそろそろ時間だ。蛍、真奈香ちゃんを頼むぞ」

「はい。孝也くんをよろしくお願いします」

「了解」

ふたりの新しい一歩に涙はいらない。私は涙を拭って笑顔を作った。

孝也くんは名残惜しそうに何度も振り返りながら去っていった。真奈香ちゃんは泣きそうになりながらも必死にこらえ、笑顔で手を振っていたのが印象的だ。

「蛍ちゃん、ありがと」

「強引にごめんね。でも、会わないと後悔すると思って」

私が言うと、彼女は何度もうなずいている。

「私、絶対に退院するって頑張ったのに検査結果が悪くて、頑張ったって無駄なんだと思っちゃって」

「うん」

彼女の気持ちは痛いほどわかる。つらい治療に耐えた先に必ずしも希望が待っているわけではないのだ。

「これからもずっとそうなのかなって。孝也が心配してくれてるのはわかってたけど、幼なじみだからって足を引っ張ったらダメだと思ったの」

「そっか。それで面会できないと嘘をついて離れようとしたんだね」

「うん。でも、ばれてた」

孝也くんはすごい男の子だ。真奈香ちゃんの弱い部分も全部知っていて支えようとしている。

「孝也、昔は泣き虫だったくせして、いつの間にか大人になってるんだもん。『少しくらい入院が長引こうが、俺が待っててやる』だって」

真奈香ちゃんは瞳を潤ませるも笑顔だ。

きっと彼女は、今日の暖かな風も柔らかな日差しも、そして孝也くんの怒っているように見せかけた照れくさそうな微笑みも、一生忘れないだろう。そして、それを励みにこの先の治療を乗り越えていくに違いない。

「孝也くんが大人になったのは、真奈香ちゃんのおかげだよ」

「なんで？」

「真奈香ちゃんがいつも全力で病気と闘ってるから、孝也くんは負けられないと頑張ったんだよ。……なんて、直秀さんが言ってたんだけど」

そう伝えると、彼女は私を肘でつつく。

「直秀さんっていうんだー。いい人だよね」

「あ……」

話の流れでつい直秀さんの名前まで出してしまった。でも、いい人というのには同意だ。契約結婚だなんてどうなることかと思ったけれど、彼とならやっていける。

「なーに今さら照れてるの？　ね、キス上手？」

「はぁっ？　特別授業終わり！　喜多川先生に数学絞ってもらお」

「ちょっ、数学嫌いなんだから勘弁してよ」

とんでもない指摘をされて切り替えした私は、顔が赤く染まっていないか心配になった。

厄介なお家騒動　Ｓｉｄｅ直秀

まるを預かることになり、蛍との共同生活が始まった。

段ボール箱に入れられて公園の片隅に捨てられていたまるを保護して実家に預けたのだが、餌も食べられていなかったからかがりがりに痩せていて、そのせいか真ん丸な目が目立っていた。だから〝まる〟と名付けたのだが、今や丸々とした体がその名の由来だと勘違いされるまでに成長している。

捨てられた記憶が残っているのか、まるは人に対する警戒心が強い。今でこそなついている唯人にですら最初は爪を立てていたのだが、蛍には最初から甘え声で鳴いたので驚いた。蛍が心根の優しい人間だと本能的に感じ取ったのか、もしくは猫にも面食いという概念があるのか……。

蛍はまったく自覚がないようだけれど、大きな目に透き通るような白い肌。はにかむと右頬にできる小さなえくぼ。そしていつも控えめな色の口紅が引かれている形のいい唇。

男受けしそうな美人だと思うのだが、仕事を生きがいにしていて結婚には興味がないと聞いて少し驚いた。

そんな不器用さが微笑ましく、しかも彼女が院内学級の子供たちに傾ける情熱を気に入り、家ではなにかと話をしている。

俺が初めて蛍を見かけたのは、小児科病棟で幼い男の子が母親にでも甘えるかのように彼女に抱きついていたときだ。手術を控えているらしいその子は、不安からか蛍の胸でわんわん泣いていた。

その光景を見守っていたナースの高原さんが、『月島先生は、子供たちの苦しみや痛みをよく理解してくれてとても助かるの。ただ、感情移入しすぎて彼女が壊れないか少し心配』と漏らした。

その後、松村先生に面会をして病棟を去ろうとすると、普段は人気《ひとけ》のない階段から洟《はな》をすするような音が聞こえてきたので、こっそり覗いた。すると蛍がひとり、両手を顔の前で合わせて『神さま、彼を守ってください。お願いします』と小声でつぶやいていた。

そのとき思ったのだ。これほど親身になってかかわってくれる先生が近くにいたら、病気でふさぎがちな子供たちも救われるだろうなと。俺も入院生活を送っていた時期があったから、余計に。

それからずっと気になっていて、姿を見かけるたびに目で追っていた。だから、その蛍が見合いの席に現れたときにはとても驚いた。

形だけでも妻がいれば、しつこい専務からの娘の押し売りは避けられる。俺が津田紡績の跡継ぎだと知っていてあからさまな色目を使ってくる女たちからも解放される。

そう考えて、一年限定の結婚を持ちかけたのは、相手が蛍だったからかもしれない。いくら契約結婚だからといって、気の合わない女とひとつ屋根の下で暮らす気にはなれないからだ。

初めはただの同居人として接するつもりだったのだが、驚くほどあっさりとなついたまるを交えての会話が弾み、しかも俺の体を心配して夕食まで準備してくれる彼女にどんどん興味が湧いていく。

そんな彼女が、笑っているくせして時折悲しげな目をしているのに気づいた。

病院でたまたま会った高校生の女の子についての悩みだと知ったとき、なんとかしてやりたいと心が動いたのは、自分でも意外だった。

そして孝也くんの熱い告白にほろりと涙をこぼす蛍を見て、無性に抱きしめたくなった。彼女は子供たちの痛みや苦しみを全部抱えられるほど強くはない。でも、支えたいと必死なのだ。

孝也くんを自宅まで迎えに行った俺は、病院までの道中、彼と話をした。

真奈香ちゃんは遠慮ばかりするけれど自分は頼られるのがうれしいと話す彼は、高校生にしては随分しっかりしている。俺が高校生の頃は……将来を悲観ばかりしていたなと思い出し、輝いている彼を応援したいと思った。

その孝也くんから、蛍の話も聞いた。

蛍は真奈香ちゃんの担当ではないけれど、精神的な支えになっているらしい。『弱音を吐いても全部受け止めてくれるすごい先生なんだ』と真奈香ちゃんが自慢していたと聞き、たった一年であったとしても蛍の夫になれたことを誇らしく感じた。


孝也くんを見送ったその週末。

金曜の晩、遅くまで仕事をしていた俺は、土曜は昼頃まで寝てしまい、起きたときにはリビングのテーブルにサンドウィッチが用意されていた。

「蛍?」

お礼を言おうと蛍を捜したが、寄ってきたのはまるだけだ。

「まる、蛍は?」

仕事は休みのはずだけど、部屋に声をかけても気配がない。こんなとき普通の夫婦ならどこに行くとメモを残してあったりしそうだが、互いに干渉し合わない契約のため当然それもない。

「まあ、いいか」

帰ってきたらお礼をしよう。

「餌は……もらったんだな」

一緒に世話をするつもりで実家から連れてきたものの、帰りが遅くなるためほとんど蛍に任せっぱなしだ。彼女に負担をかけてばかりだと反省した。

「まる、あとでブラッシングするぞ」

とにかく、蛍の作ってくれたサンドウィッチが食べたい。俺はコーヒーを淹《い》れて、たまごサンドを頬張った。

蛍が帰ってきたのは、まるをブラッシングしている最中だ。気持ちよさそうにしていたまるが、玄関で物音がすると途端に駆けていく。

「まる、ただいま。直秀さんは起きたかな?」

「寝坊してごめん。サンドウィッチありがとう」

リビングから顔を出して言うと、蛍は優しい笑みを見せる。

「とんでもない。あの……お昼もまたパンでもいいですか？　作ろうと思ってたんですけど遅くなったから、そこのパン屋さんで買ってきちゃいました」

「もちろん。俺の気遣いまでごめん」

家事をさせるために結婚したわけじゃないのに。

「私も食べますから、ついでです」

彼女はパンが入った袋を俺に掲げてみせた。

「どこに行ってたの？」

そう聞いてから、しまったと思った。彼女の行動を束縛する権利は俺にはないのだ。

「ちょっと勉強会に」

「勉強会？」

「はい。院内学級のベテランの先生方が、時々意見交換会のようなものを開いてくださるんです。私たちみたいな若造は、いろんな対応の仕方を教えていただけるのでありがたくて」

仕事だったのか。休みだと思っていた。

「土曜まで仕事なんだな」

「いえ。仕事ではないですよ。勝手に参加しているだけです」

それを聞いて驚いた。最近俺は、山のような仕事を早く終えたいとばかり考えているからだ。

でもティーメディカルで仕事を始めた頃は、暇があれば文献《ぶんけん》を読み、進んで学んでいたなと思い出した。

部長という部下を統括する立場になり仕事の内容が変わってきたとはいえ、俺は大切なことを忘れているのではないだろうか。ティーメディカルは患者のために役立ってこそ価値のある会社なのに。

「蛍って、もっとほんわかしてると思ってたけど、しっかりしてるんだね」

「ほんわかって。ぼーっとしてるって言いたいんでしょう?」

クスクス笑う彼女は、まるの頭をそっと撫でた。

真奈香ちゃんと孝也くんが心を通わせたのを見て涙を流す彼女から、どこかはかなげで壊れてしまいそうな繊細さを感じた。その一方で、なりふり構わず孝也くんに会いに行く行動力や、こうして休日を勉強に割く真面目さも持ち合わせている。

俺はまだ彼女の一面しか知らないのだろうな。まあ、これからゆっくり知っていけばいい。

「まるにもお土産買ってきたよ。ちょっとダイエットしようね」

蛍が猫じゃらしを出すと、まるは勢いよく飛びついた。

そんな穏やかな生活が始まったのに、仕事ではそうもいかない。

目下の目標はティーメディカルを業界一位にすること。とはいえ、おそらくどの社員も、俺が近い将来親会社である津田紡績に移ると思っているはずだ。

ただ、津田紡績には専務派がいて、虎視眈々《こしたんたん》と社長のイスを狙っている。しかも父が話していた通り、専務は仕事ができるわけではなく、根回しばかりしていて実績に貢献しているとは言い難い。そんな人間に、なにがあっても社長の座を渡すつもりはない。長い歴史を誇る津田紡績を潰すわけにはいかないのだ。

「部長、玄関に伴野さんがいらっしゃっています」

終業時間を過ぎた十七時四十五分頃。秘書的な役割をしてくれている事務の女性社員に困惑気味に言われて、思わずため息が漏れた。

「アポイントがないと困りますとお話ししたのですが、少しでもいいからと」

「いや、ありがとう。もう帰っていいから」

「はい。失礼します」

伴野さんというのは専務の娘だ。たびたびこうして社を訪ねてくるので迷惑だと本人にもはっきり伝えてあるのだけれど、なかなかしつこい。

一日外出していたので部下から上がってきていた書類チェックが終わっていなかったが、手を止めて社屋の玄関に向かった。

片隅の接客スペースに案内されていた彼女は、俺が近づいていくととっさに笑みを浮かべて立ち上がる。

長い髪をきれいに巻いて整えた、目鼻立ちのはっきりした美人だ。こうして微笑む姿は上品で奥ゆかしく、一見優しいご令嬢に見えるのだが、目が少しも笑っていない。

その無理やり作った笑顔に警戒心が働く。

一方で、顔をくしゃくしゃにしてうれしそうに笑う蛍の姿が脳裏に浮かんだ。

「直秀さん」

「伴野さん、津田でお願いします」

馴れ馴れしく呼ばれるのは好きじゃない。

「そんな、他人行儀ですわ。私のことも、久美《くみ》で大丈夫です」

いや、俺が嫌なんだけど。

「まだ仕事が残っているのですが、なんでしょう？」

「直秀さんが婚約されたと聞いて……。私、直秀さんをお慕い申し上げておりましたのに、ショックでした」

彼女は眉根を寄せて言うけれど、どこか軽く聞こえる。

そもそも専務に指示されて俺に近づいたのだ。津田紡績の株主総会に顔を出したら彼女もいて、勝手に専務から『仲良くさせてもらっている』と多くの関係者の前で紹介されてしまった。

無論、それも俺を取り込んでみずからが社長に就任する、もしくは最低でも社長の親戚として幅を利かせたい、という専務のたくらみなのだが。

そのせいで、俺と彼女が結婚を前提に付き合っていると勘違いしている人は多い。けれども、そんな気はさらさらない。

そもそも専務は、俺をずっとバカにし続けてきたじゃないか。できの悪い息子だと散々罵《ののし》り、徐々に勢力を強めて自分が父の後釜《あとがま》に座ると信じていたはずだ。

ところが俺が留学先のアメリカから戻ってきて、ティーメディカルの業績をかなり伸ばしたので焦ったのだろう。いきなり娘との婚約を提案してきた。

無理やり引き合わされてから、彼女はとんでもない執着心を見せるようになった。おそらく、御曹司である俺を夫に持つというステイタスが欲しいのと、今まで手に入らないものはなかったというプライドからだと感じている。

「申し訳ありません。生涯をともにしたいと思う人に出会ってしまったので」

こちらもとびきりの笑顔を作って言うと、彼女はあからさまに肩を落とす。

これであきらめてくれれば……と思ったけれど、一瞬彼女の口角が上がったのが気になった。

「残念です。でも、結婚してみたら相性がよくなかったなんてこともありますもんねは？」

結婚早々離婚を期待するような言い方に、どうしたって顔が険しくなる。

心の奥底に憤りが渦巻いたものの、蛍との結婚は一年だけの契約。自分も最初から離婚を想定しているのでなにも言えない。

それにしても、一度結婚すればこうしてしつこくされることもなくなると考えたのだが、もしかして離婚したらまたつきまとわれるのか？

いや、自分は家庭には向かなかったと強く突っぱねる理由はできる。

「おっしゃる通りですが、婚約者とはすこぶるうまくいっておりますし、私は彼女を愛しています」

笑顔を崩さず余裕の態度で。少しでも隙を見せたらそこをついてきそうだ。

「まあ、惚気《のろけ》ですか？　直秀さんがそうでも、彼女がどうかはわからないですよ。私はいつまでもお待ちしております。それでは」

久美さんが背を向けた瞬間、真顔に戻った。

彼女がどうかはわからない？

小さくなっていく彼女の背中を見送りながら、顔が引きつるのを感じる。

まさか、蛍に手を出そうとしているわけじゃないだろうな。

父も唯人も、専務の動向に気をつけろと口をそろえた。それには俺も同意で、おそらくどんな手を使ってでも社長の座を射止めようとしている専務が、娘を使ってなにか仕掛けてくるのは目に見えている。

「まずいな」

俺自身にならなにをされても構わないし、うまく切り抜けることもできる。しかし、こんな醜い後継者争いとは無縁の世界で生きている蛍まで引きずり込みたくはない。

父が蛍に、『他人を警戒することを覚えてほしい』と率直に話したけれど、彼女はどう感じただろう。あのとき、少し顔をこわばらせたようにも見えたが、それについて触れてくることはなかった。

結婚を決めた以上、早く籍を入れるべきかもしれない。関係を解消しやすい婚約では、手を出される可能性が高いからだ。

俺は蛍を守らなければと気持ちを引き締めた。

思いがけない独占欲

孝也くんを見送った週の週末。

直秀さんがアメリカにいる私の両親に電話を入れてくれた。もちろん、結婚の挨拶のためだ。

電話の前になぜか『本当に結婚しても大丈夫か?』と念を押してきたが、私はうなずいた。もう彼の両親に挨拶をして同居までしているのに、今さら断るのもおかしい。

それに、直秀さんとの生活は意外に快適で、ちょっとした私の変化にも気がつく彼に仕事の話などを聞いてもらえて助かっている。心の整理ができるのだ。

真奈香ちゃんが孝也くんとの恋を実らせられたのも、直秀さんのおかげだ。

今まで恋愛なんて煩わしいと思い込んでいたけれど、話し相手がいるのも悪くないと知った。

私が父に電話をかけて直秀さんに渡すと、少し緊張気味の彼が簡単な自己紹介のあと「蛍さんを私にください」と結婚の申し入れをしてくれた。これが期間限定の契約結婚だとわかっているのに、隣で聞いていた私は胸が熱くなった。

「仕事が落ち着いたら必ずご挨拶に伺います」と話す直秀さんだったが、一年後の別れが決定しているのにわざわざアメリカまで出向く必要もないと思いながら聞いていた。ただ、彼の誠実さは伝わってきた。

同じくアメリカでパイロット訓練中の弟、一輝にも結婚を伝えたら、『あの津田紡績か！』とよく知っていた様子だった。私の想像以上に津田紡績の炭素繊維は有名らしい。

一輝は、『すごい人捕まえたな。だまされてるんじゃ？』と失礼なことを言う。

ただ、これは契約結婚なので、だまされてはいないけど、いわゆる恋愛結婚でもない。一年後に離婚の報告をしたら『やっぱりダメだったな』と笑われそうだと思いつつも話をしていると、『幸せになれよ。おめでとう』と真面目な声で祝福されて、嘘をついていることに胸が痛んだ。

そして入籍。

ふたりで役所に赴き、婚姻届を提出したときはかなり緊張した。そんな私に気づいたのか、直秀さんが「幸せになろう」と声をかけてくれたのでうなずいた。

離婚が決まった結婚ではあるけれど、夫婦でいる間は私を大切にしてくれると感じたのだ。

そうやって私たちは新しい一歩を踏み出した。

その週の日曜日。直秀さんに誘われて出かけることになった。忙しそうな彼だけど、今日は完全にオフにすると言うので、私も仕事は忘れて楽しもうと思う。

どこに行くのかと思いきや、彼が運転する車は以前服を買ってもらったブランピュールの近くの駐車場にたどり着いた。

「直秀さん、どちらに？」

「ちょっと買い物がしたいんだ。付き合ってくれる？」

「はい、もちろん」

なにが欲しいのだろう。結婚したとはいえ、まだ彼のことをよく知らないのですごく気になる。

「蛍」

大通りを歩き始めると、手を差し出された。

「えっ？」

「遠慮してないで隣においで」

「は、はい」

なんとなく気恥ずかしくて一歩うしろを歩いていたのに気づかれていたようだ。うなずいて隣に立つと、彼は私の手を握った。

まるで恋人のような振る舞いに目が泳いでしまう。すると彼は私の動揺を見透かしたようにクスッと笑い、指を絡めて強く握り返してくる。

「俺たち結婚したんだぞ。幸せの絶頂期なんだから、楽しまないと」

たしかに籍は入れたけど、これは契約結婚でしょう？

「そんな……。だって私たち――」

「しーっ」

口の前に人差し指を立てて制する彼は、なんだかとても楽しそうだ。

「今日は野暮なことは言わない。たまにはいいだろ？」

そう、だよね。せっかく夫婦になったんだもの、楽しい思い出をたくさん作りたい。

「はい」

「よし。それじゃあ行くぞ」

子供のようにはしゃぐ直秀さんは新鮮だ。それに、普段は仕事で忙しく走り回っている彼のリラックスした姿が見られてうれしかった。

「ところで、なにを買うんですか？」

「大事なもの」

濁されて首をひねる。そんな私を見た彼は、「すぐにわかるさ」と足を進めた。

「ここだ」

彼が足を止めたのは、とある高級ジュエリーショップの前。入口には屈強な体つきのスーツ姿のガードマンが立っている。

「ジュエリー？」

「俺、こういうのよくわからなくて。一ノ瀬に聞いたら、ここがお薦めだって言うから。好きなの選んで」

「えっ、私？」

直秀さんの買い物じゃないの？

「うん。結婚したんだし、指輪がいるだろ？」

「待ってください」

一年後に離婚するのに、こんな高いお店の指輪を買うの？

「ごめん。気に入ったブランドがある？」

「そうじゃなくて。いらないです」

彼なりの気遣いなのだろう。でも、必要ない。

「俺がいるんだよね」

「指輪したいんですか？」

「うん。蛍のここに指輪をはめたいんだ。俺のものだって印をつけておきたい」

彼は私の左手薬指に触れて微笑む。まさかの独占欲に声も出ない。

「蛍は、俺に縛られるの嫌？」

艶やかな視線を向けられて甘い声で尋ねられると、心臓が激しく暴れだして制御できなくなる。

顔が赤く染まるのを感じながら、首を横に振った。

「よかった。行くよ」

戸惑う私の腕を引いた彼は、ガードマンが開けてくれたドアから店内に入ってしまった。

「いらっしゃいませ。本日はどのようなものをお探しですか？」

黒いスーツに身を包み、髪を夜会巻きに整えた店員が近寄ってくる。

「婚約指輪を」

「まあ、おめでとうございます」

店員に祝福されてくすぐったい。

ただ、婚約指輪って……。このブランドの指輪はよく雑誌にも取り上げられているけれど、三百万はくだらない。

「いえっ、結婚指輪で」

私は慌てて訂正した。結婚指輪なら一桁少なくても買えるはずだ。それでも目が飛び出そうなお値段には違いないのだけれど。

「蛍？」

「結婚指輪にしましょう。私、直秀さんとおそろいの指輪をつけたいです」

とっさにそう口にしてから、自分の大胆な発言を後悔した。

「あっ、いえ、あのっ……」

「うれしい」

笑みを浮かべる直秀さんが、私の腰を抱いてささやく。

うれしいの？

「それではこちらへ」

店員が先立って店の奥に進み始めると、直秀さんは私の腰に回した手に力を込める。

「蛍に縛られるのも悪くないな」

そう耳元でささやかれて、心拍数が上がっていく。

さすがに何百万もする指輪を買ってもらうわけにはいかないと、反射的に言っただけなのに。彼を縛りたいなんていう意味は、これっぽっちもなかったのに。

でも、直秀さんとおそろいの指輪をつけられるのは私もうれしいかも。結婚はまだしたくないと思っていたけれど、心のどこかで結婚へのあこがれがあったのかな。

ショーケースの中で一番シンプルなプラチナの指輪を指定したのに、直秀さんはダイヤが並んだエタニティリングを選んで、私の指に差し入れた。

「蛍はこっちのほうが似合うよ」

「でも……」

「少しは夫の意見も聞いて」

そう言って微笑む彼は、私が遠慮していると間違いなく気づいている。

本当にいいのだろうか。けれど、彼の好意を無下にもできない。

「はい」

「よし、決まり」

「それじゃあ、直秀さんのリングは私が買います」

きっと彼は自分の指輪も自分で購入するつもりだ。

「大丈夫だよ」

「少しは妻の意見も聞いてください」

真似をすると、彼は「まいったな」と目を細めた。

私たちのやり取りを店員がじっと見ているのに気づいて、恥ずかしさのあまり顔を伏せる。

「本当に仲がよろしいんですね。うらやましいです」

「はい、ありがとうございます」

少しも動じることなくきっぱりと言う直秀さんに驚きつつ、私はやっぱり恥ずかしくて顔を上げられなかった。

予算の都合で、彼の指輪は私が最初に選んだシンプルなものになってしまったけれど、店を出ても彼の笑顔が絶えることはない。

「本当にうれしいよ。ありがとう」

彼は大げさに喜びをあらわにする。

「私も……。まさか指輪を買っていただけるとは思っていなくて」

左手薬指に収まった指輪を何度も眺めてしまう。

「そんなに喜んでもらえるとは光栄だ。でも」

立ち止まり私の左手をいきなり握った彼は、なぜか少し不機嫌になった。

「指輪ばかり見てないで、俺も気にして」

「えっ？」

「蛍の夫はこの指輪じゃない。俺だろ？」

私の身長に合わせて腰を折った彼に至近距離で顔を覗き込まれて、たちまち全身が火照りだす。

「違うの？」

「そう、です」

「わかればよろしい」

満足そうにうなずいた直秀さんは、再び私の手をしっかりと握って歩き始めた。

今日の彼はいつもと違う。婚姻届を提出して、気持ちが高揚しているのかな。──私と同じように。

この結婚が契約だとわかっていても、役所での『幸せになろう』という彼の言葉が耳から離れてくれないのだ。

「蛍。ランチ食べに行こうか」

「行きます！」

「なににしよう」

この幸せな時間を満喫してもいいだろうか。別れが来るそのときまでは、夫婦として楽しく過ごせたらいいな。

思いがけず直秀さんとの楽しい時間を持てた私は、彼の手をそっと握り返した。

あおぞら教室では、真奈香ちゃんの退院が決まった。孝也くんとの面会のあと検査の数値がぐんと上向き、主治医も驚いていた。

といっても、食事制限はこれからも続くし、今後また悪化する可能性もある。でも孝也くんがいてくれれば、彼女はきっと治療を頑張れると思う。

「蛍ちゃんは私を幸せにしてくれたんだから、自分も幸せになりなよ」

そう言い残して去っていく彼女に、私は笑顔で手を振った。

温かな気持ちに包まれたその日。仕事を終えて最寄りの駅に向かう途中、私の前をひとりの女性が歩いていた。

「……待ってください」

彼女のバッグから財布が落ちたのに気づいた私は、それを拾って呼び止めた。

「私ですか？」

振り返った彼女は不思議そうに私を見ている。

「はい。こちら落ちましたよ」

「あっ、すみません。ありがとうございます。助かりました」

人懐こい笑顔で寄ってきて財布を受け取ったのは、私と同じくらいの年齢の女性だ。大きな目が印象的な彼女は、どことなく上品な雰囲気を漂わせていた。

「いえ。それでは」

軽く会釈をして離れようとすると、「待って」と今度は私が止められる。

「なんでしょう?」

「お礼をさせてください。カード類も全部ここに入っていたので、財布がなかったら大変なことになるところでした」

「いえ、お礼なんて。お気遣いなく」

目の前に落ちたら拾って渡すのが普通だ。お礼なんて必要ないと辞退したのに、

「そこでお茶だけでも」と彼女は引かない。結局折れて、近くのカフェに向かった。

コーヒーを注文して席に着くと、簡単な自己紹介が始まった。

「院内学級の先生なんですか!」

私があおぞら教室の教師だと話すと驚いている。

「はい。教師には見えないでしょう？」

真奈香ちゃんのように、教師というよりは友達感覚で接してくる子供たちも多い。一般的な学校よりは生徒と教師の距離が近いかもしれない。

「そんなことないですよ。私も子供の頃病弱で、よく入院してたんです。院内学級はなかったですけど、ちょっと身近に感じてしまって。あっ、私、田原《たはら》といいます」

田原さんは、頬を緩めて話す。

よく入院してたから、院内学級に反応してくれたのかもしれない。

「そうでしたか。どこかお悪いんですか？」

「……まあ、ちょっと」

何気なく湧いた疑問をぶつけると彼女は濁す。デリケートな領域に足をつっこみすぎたと反省した。

「余計なことを聞いてごめんなさい」

「いえいえ」

「田原さんは、お仕事は？」

私は慌てて話を変えた。

「私はただのＯＬです。月島さん、結婚されていますか？」

いきなり結婚の話になったのが不思議だったが、そういうことが気になる年頃だ。

「はい、先日入籍したんです」

すでに津田姓になったにもかかわらず、月島と自己紹介してしまった。仕事は月島で続けているし、津田と言うのに慣れないのだ。

「それじゃあ新婚さん？　うらやましい。私も彼氏がいたんですけど、最近結婚してしまって」

「えっ？」

どういうこと？

視線を落として苦しげな表情をする彼女の言葉が即座には呑み込めない。

「彼、家の都合でどうしても結婚しなければならなかったみたいで」

「そんな……」

友人の中には、結婚前提で付き合っていてダメになったカップルもいる。でも、家の都合での結婚とは驚きだ。

ただ、直秀さんが縁談を押しつけられていたように、それなりの家柄の人たちの中にはそうしたことで悩む人もいるのかもしれないと納得した。彼女は気の毒すぎるけれど。

「あぁ、ごめんなさい。だけど彼は、私との関係は続けたがっているみたいなので」

「はいっ？」

田原さんの発言があまりに衝撃的で、失礼な声が漏れてしまった。

だって、不倫ということでしょう？

「愛があるのは私たちのほうなの。彼、できるだけ早く離婚すると言ってくれていて……」

家の体裁を保つために最初から離婚を予定して結婚したということ？

そう考えたら肌が粟立《あわだ》ってきた。私と直秀さんも離婚を想定した結婚だからだ。

「そう、ですか」

やっぱり誘いを断って帰るべきだった。こんな話を聞かされても、どう応えたらいいのかわからない。

「ごめんなさい。初対面の方にする話ではないですよね。でも、よく知った友人にはできなくて……。誰かに聞いてもらいたかったというか」

たしかに友人や家族に愛人宣言なんてしたら、驚かれるくらいでは済まないはずだ。絶対に反対されるし大事になる。

「ですよね。ただ私、なんと言ったらいいのか……」

「もちろん、忘れてくださって大丈夫ですから。彼の結婚を聞いてショックで……でも、誰にも話せなくて苦しかったんです。こうして吐き出せて少し楽になりました」

「よかったです」

人それぞれ、いろんな人生があるんだな。

不倫を肯定する気はさらさらないけれど、家の都合で引き裂かれた愛というものに少しは同情する。どうやらふたりは強い絆《きずな》で結ばれているようだし。

その彼にだまされて都合のいい女にされているのでは？という懸念はあった。けれども、会ったばかりの私がそんな指摘をするのもはばかられる。事情もよく知らないのに、安易なことは口に出せなかった。

周囲の誰かが気づいて、田原さんを幸せに導いてくれるのを祈るばかりだ。

なんとなく気まずくなった私は、夕飯の準備があると席を立った。彼女も同じようにカフェを出て、同じ方向の電車に乗り込む。

直秀さんのマンションは、野上総合病院から乗り換えなしで行けるのでとても便利だ。田原さんもずっと隣にいて、話を続けた。

「夕飯はなににされるんですか？」

「そうですね……。中華にしようかな」

冷蔵庫の中を思い浮かべてそう言うと、「いいですね」と彼女は微笑む。

「私の彼、辛いもの好きなんですよ。中華だと四川料理かな。麻婆豆腐の辛いのを平気な顔をして食べるんです」

直秀さんと同じだ。今日はエビチリにしようと思ったけれど、麻婆豆腐もいいかもしれない。

ただ、不倫相手の話をされても「そうですか」という相槌しか打てず少し困った。

二十分ほどで降りる駅が近づいてきたので、彼女に挨拶をする。

「私は次で降りますので。コーヒー、ごちそうさまでした」

「奇遇ですね。私も次の駅なんです」

こんなこともあるんだ。

驚きつつも一緒に電車を降りて改札を出た。

ところが帰る方向まで同じで、肩を並べて歩き始める。

「田原さんはひとり暮らしですか？」

「いえ。結婚して家を出るつもりだったんです。でも彼になかなか会えなくなるから、ひとり暮らししようかな」

しまった。いらない質問だった。私は曖昧に笑って回答を避けた。

直秀さんのマンションまでは徒歩五分。軽快に歩いていた彼女の足が突然遅くなったので、振り返る。

「どうかしました？」

「お腹が痛くて……。ストレスなんでしょうか。最近ちょっと……」

彼との話を盛んにする彼女だけれど、好きな人が結婚してしまったらやはりつらいだろう。ストレスで胃や腸をやられるのはよくあることだ。

「大丈夫ですか？」

「どこか、お手洗い……」

彼女が座り込んでしまうので慌てる。

「うちのマンションそこなんです。よかったら使ってください」

さすがに放置できず、彼女をマンションに連れていくことにした。

田原さんを支えながら玄関に入ると、まるがリビングから駆けてきた。いつもお出迎えしてくれるのがかわいくてたまらないけれど、今日は途中でピタッと足を止めて毛を逆立て始める。

「まる、どうしたの？」

警戒心いっぱいの様子に慌てた。

「猫……」

「ごめんなさい。人見知りするんです」

今にも飛びかからん勢いのまるを慌てて抱き上げるが、まるは足をばたつかせてうううと唸り声をあげている。

「トイレはそこですので使ってください。別の部屋に置いてきますね」

私の腕から飛び出そうと強い抵抗を見せるまるをこのまま抱いているのはまずいと思い、田原さんにトイレの場所を教えてリビングに向かった。

「まる。興奮しなくても大丈夫よ」

出かけるときはいつもドアを少し開けておくのだけれど、出ていけないようにきっちり閉めて話しかける。

「わっ」

しかし激しい抵抗にあい、とうとうまるは床に下りてしまった。

よかった……。田原さんの前で下ろしていたら、爪を立てていたかもしれない。

私にはなぜかすぐになついたまるだけど、本来は警戒心が強くてなかなか人になつかないと聞いている。その片鱗《へんりん》を見せつけられた。

まるはシャーッと威嚇するような声を出して、ドアにがりがりと爪を立てる。

「怖かったかな？　ごめんね、トイレを貸すだけだからね」

縄張り意識でもあるのかしら？と思ったものの、猫を飼った経験がないのでよくわからない。

お茶でも出すべきかと迷っていたけれど、これは体調さえ整えばすぐに帰ってもらったほうがよさそうだ。

「まる、こっちおいで。おやつあげる」

猫じゃらしで運動させてダイエット中なのだが、お客さまに飛びつかれてはまずい。

津田家を出るときに三谷さんから渡された、まるの大好物だというキャットフードを見せると、逆立っていた毛がようやく収まってくる。

「こっちおいで」

キッチンの奥に誘導して皿に置き、食べ始めたのを確認してからリビングを出た。

「ごめんなさい。体調はいかがですか？」

お客さまを放置したまま時間がかかりすぎてしまった。廊下に出ると、田原さんが立ち尽くしている。

「すっかりよくなりました。本当に助かりました」

「よかったです」

さっきまでお腹を押さえてかがむようにして歩いていた彼女だけれど、今は背筋が伸びていて、スタイルのよさが際立った。

「お茶でもと思ったのですが、猫の機嫌が悪くて……」

「お構いなく。今日はいろいろすみませんでした。失礼します」

笑顔が戻った田原さんは、そそくさと帰っていった。

リビングに戻ると、ちょうどおやつを食べ終わったまるが玄関へと駆けていく。そして、玄関のドアに前足をかけて唸り始めた。

「気に入らないことがあったのかな？　さっきの人はもう帰ったよ」

彼女は甘い香りの香水をつけていたけれど、それが嫌だった？

まるがこれほど興奮するのを不思議に思いながらも、夕食の準備を始めることにした。


その晩は、予定通りエビチリを作って直秀さんを待っていたものの、帰ってくる気配はない。

私はひとりで先に食事を済ませて自室にこもった。

食生活がメチャクチャな彼を見ていられなくて、ふたりで食卓を囲めなくてもこうして作り、二十時半を過ぎたら先に食べると話してあるのだ。遅くても待っていたい気持ちはあるけれど、彼の負担になりたくなかった。

ふたりで食べられないのは残念だが、翌朝『おいしかった』という言葉を聞けるのがちょっと楽しみでもある。

寂しいな……。

直秀さんは私の予想以上に忙しくしていて、一緒に食事をとることすらなかなか叶わない。

「なに期待してるんだろ」

ベッドの上でぼーっと直秀さんのことを考えていた私は、我に返った。

そもそも仕事に励むために結婚したのだから、これが正しい。夫婦らしい振る舞いなんて、私たちの間には必要ないのだ。

ただ、先日のデートが楽しくて彼との距離が近づいた気がしていたからか、寂しさは拭えない。

薬指の指輪に触れながら、再び考えを巡らせる。

津田紡績を継ぐだろう直秀さんは、お父さまの前でティーメディカルを業界一位にすると宣言した。そうやって自分の実力を示してから津田紡績のトップに立ちたい気持ちが少しはわかる。津田家に生を受けたという理由だけで社長のイスが転がり込んできたと思われるのは癪《しゃく》に違いない。

そういえば……津田のお父さまが、伴野専務が直秀さんをぼんくらだと思っていたと話していたけれど、あれはどういう意味だったのだろう。

真奈香ちゃんの件のときも、すこぶる頭の回転が速く行動力のある人だと感じたし、直秀さんを知っている看護師からは『すごい人捕まえたね』と盛んに言われる。それなのにぼんくらだなんて。

「振り？」

なんらかの事情があって、冴《さ》えない振りをしていたとか？

まだ直秀さんについて知らないことだらけだ。ただ、本当の夫婦ではないので踏み込めない。

「まる？」

二十三時を回った頃、リビングで寝ていたはずのまるの足音が聞こえたので声をかける。しかし私の部屋の前は素通りして玄関に向かったようだ。

「直秀さんだ」

多分帰ってきたんだ。

私が部屋から顔を出すのと同時に玄関のドアが開き、少し疲れた様子の直秀さんが姿を現した。

「まる、お出迎えありがと」

直秀さんは玄関にちょこんと座って待っていたまるの頭を撫でる。田原さんが来たときとはまるで違うまるの様子に、彼を信頼しているのだなとほっこりした。

「蛍、起こした?」

すぐに私に気づいた彼は少し驚いた様子だ。

「まだ寝てなかったので。おかえりなさい」

「ただいま。ごめん、飯作ってくれたよね。トラブルがあって、連絡もできなかった」

「気にしないでください。明日の私のお弁当にしますから」

彼が申し訳なさそうな顔をするので、笑顔で返した。

「実はまだ食べてなくて。いただいてもいい?」

「もちろんです。温めますね」

「もう寝て。自分でやるから大丈夫。いつも洗濯もごめん。休みの日にやるから俺のはいいよ」

「ついでですから」

ドラム式の立派な洗濯乾燥機があるので、放り込むだけだ。ただ、ボクサーブリーフに勝手に照れている。

もしかして、そういうこともされたくない？

「……お嫌でしたらごめんなさい」

慌てて言うと、目を丸くした彼は私に近づいてきて首を横に振る。

「すごく助かってる。だけど、蛍の仕事の邪魔になってないか心配なんだ」

「それでしたら、できる範囲でやらせてください。全然苦じゃないですから」

彼が倒れないかハラハラするから、むしろやらせてほしい。

「ありがと。でも、今日はもう寝て。おやすみ。まる、行くよ」

彼に呼ばれたまるは、ニャーンと甘ったるい声で鳴き、あとをついていった。

トラブルが長引いているのか、直秀さんは翌日もその翌日も帰りが遅く、朝食を食べながら難しい顔をして書類を読んでいるありさまだ。

とはいえ、食べてくれるだけでうれしい。忙しいときほど食事は大切だから。

「俺、もう出るよ。食器は置いておいてくれたら帰ってきてから片づけるから。お先」

彼は慌ただしくネクタイを手に持って出勤していく。

「はい。行ってらっしゃい」

もっと頼ってくれればいいのに。

律儀《りちぎ》に自分で片づけるといつも言うけれど、そんな気遣いはいらない。むしろ、距離を感じてしまう。

でも、これはただの共同生活なのだし、仕方がないのかも。

「まる。もっと話がしたいのは贅沢なのかなぁ」

思わずまるに愚痴をこぼしてしまった。

一年間だけでも妻の役割を果たそうと決意したのに完全に空回りしている。最初からそんなことは求められていないのだろうから、直秀さんのせいではないけれど。

「さて、私も仕事行こ」

食器を食洗器に入れた私は、髪をクリップで束ねてから家を出た。

病院に出勤すると、病棟の看護師との電話を終えた喜多川先生が難しい顔をして近づいてくる。

「どうかされましたか？」

「うん。幸平くんだけど……」

脳腫瘍を患っている幸平くんは、最近、病状が思わしくなくて教室にも来ていない。口から食べられるようになって回復傾向にあったはずだが、どうしたのだろう。

「あまりよくないようで、脳外の病棟に移るそうだ。それで主治医の倉田《くらた》先生が、ベッドサイドの授業もしばらく中止するようにとおっしゃっている」

「倉田先生が？」

脳神経外科の倉田先生はとても優しいドクターで、院内学級に理解がある。その先生が授業禁止と言うからには、病状がかなり悪化していると思わざるを得ない。

「そうですか。プリンが食べられたと喜んでたのに」

症状の悪化は珍しくない。けれども、小さな体で病気と闘っている幸平くんを想うと、胸が痛くてたまらなかった。

こうした場合、私たち教師に出番はない。ドクターやナースが全力で幸平くんを助けてくれるはずだ。再びあおぞら教室に来られたときに、おかえりと迎え入れるだけ。

「そうだね。でも、気持ちを切り替えて。そろそろ生徒が来るよ。教師が子供たちからパワーを吸い取ったらダメだ」

「はい」

私は自分の頬をパンパンと叩いて気合を入れ直した。

一番欲しい言葉　Ｓｉｄｅ直秀

伴野専務の動向から目が離せなくなってきたと唯人から報告を受け、盛大なため息をついた。

ただでさえティーメディカルの仕事が忙しいのに、余計なことで手を煩わせてほしくないのだが。

その日、社長である父から実家に呼び出されて、得意先からそのまま向かった。会社ではなく実家だったのは、専務には知られたくない相談があるのだろう。

いつも蛍が食事を作って待っていてくれるのがうれしいのに、なかなか一緒に食べられず残念だ。

得意先で捕まっていると遅くなるという連絡すら入れられないが、それでも彼女は俺を責めるようなことは口に出さない。それが申し訳なくて夕飯作りを一旦断ったものの、ほかの家事ですら全然苦じゃないと言う彼女に甘えてしまっている。

今日は実家に向かう前に、【遅くなりそうだ。俺の食事は作らなくて大丈夫だから】とメッセージを入れた。

するとヽちょうど仕事が終わったところだという彼女から返信があった。

【お疲れさまです。忙しそうですが無理しないでくださいね】

そんな優しい言葉に頬が緩む。

今まで結婚というものに夢が抱けなかったけれど、こんな生活なら大歓迎だと思っている自分がいる。

見合いの代役として彼女が姿を現したとき、あちらが嘘をついているのだからそれを逆手にとって利用させてもらおうと契約結婚を持ち出した。一年くらい不自由な生活に耐えたあと離婚して、自分は結婚不適合者だと主張すれば、その後はひとり身を貫けるのではないかと考えていた。

ところが、赤の他人との生活に耐えるなんて感覚はまったくなく、それどころか蛍ともっとかかわりたいとさえ思う。それはおそらく、生徒たちに傾ける彼女の情熱が気持ちいいのと、なんの裏もないまっすぐさが新鮮だったからだ。

仕事をしていると、専務を筆頭にいろいろなしがらみやたくらみが蔓延《まんえん》している。

純粋に業績を伸ばしたいと考える俺にとっては邪魔でしかない。

そんなに社長になりたいのなら、誰もが認める業績を叩き出せばいい。

すこぶる単純なことなのに、本来の仕事に邁進《まいしん》するのではなく、裏で手を回すことばかり考えている人間に津田紡績を渡すつもりはない。

ことあるごとに、父から津田紡績の歴史についてこんこんと説かれてきた。何代にもわたり、あらゆる努力と挑戦をしてここまで大きくしてきた先人たちへの敬意を払えない者に会社を奪われたら、未来は暗い。

それに専務は、幼い頃の俺を見て跡取りにふさわしくないとあざ笑ってきた。今さら媚を売っても遅い。しかも、娘まで利用するとはあきれたものだ。それに乗る娘も娘だが。

俺はスマホをポケットに入れて、実家に足を踏み入れた。

父の話はやはり専務周辺についてで、社長派と言われる役員たちを取り込もうと盛んにコンタクトを取っているのだとか。彼らの父への信頼は厚く、その行為が明るみに出ているのが笑えるが、正直言って目障りだ。

「どうしますか？」

「久美さんは接触してきているのか？」

「一度来られましたが、なにをしに来たのかよくわからず……」

あのときの彼女の様子を頭に思い浮かべる。蛍にちょっかいを出すのではないかと危惧したけれど、そんな様子は今のところ見られない。

「津田紡績内で暴れるのは難しいだろう。ティーメディカルのほうに手を出してくる可能性がある。お前の足を引っ張って失脚させるつもりかもしれない。失脚するのはあっちだが」

父がこれほど鋭い目をしているのは久々に見た。普段は穏やかな人で、社員に対しても横柄な態度は決して取らない。しかし締めるところは締めるので、部下から慕われている。

相当腹を立てているだろう父は続ける。

「なにより十和子《とわこ》が許さないだろう。十和子に叱られるのだけはごめんだ」

母の名を出し、突然弱々しくなる父には笑ってしまった。

はたから見たら亭主関白な我が家だが、父は母を大切にしていて母には弱いのだ。

それを知っているのは息子である俺だけなのだが。

母は父以上に穏やかで、普段はふわふわして頼りなさげに見えるものの、専務が幼い俺をバカにしていたことに立腹している。先日、蛍を連れてここを訪れたときも、専務の顔を一度たりとも視界に入れなかった。

「そうですね。母さんは泣かせたくない」

もちろん蛍も。

「ティーメディカル内に不穏な動きがないか探ります」

「任せた。……ところで、蛍さんとはうまくいっているのか？」

いきなり蛍の話になり、眉がピクッと動く。

「はい」

「お前は仕事ばかりしてるから、愛想を尽かされないように気をつけろ。どんな女性を連れてくるかと思ったが、院内学級の教師だとは」

見合いがきっかけだったことは黙ってある。もちろん、蛍が身代わりだったからだ。だから父は、俺たちが恋愛結婚だと思っているようだ。

「努力します」

籍を入れた日からすでに離婚へのカウントダウンが始まっているとはとても言えず、そんなふうにごまかした。

翌日は早めに帰宅して、蛍と一緒に夕食を食べた。

彼女が作ってくれたチキン南蛮《なんばん》は俺の好物だ。

「うまいね。タルタルソースも手作り？」

「そうなんですよ。お気に召してよかったです」

彼女は、はにかんでいる。

うまいにはうまいのだが、いつもほど箸が進まないのは疲れているからだろうか。

「直秀さん、働きすぎじゃないですか？　顔色が悪いです」

蛍が俺の調子の悪さを見抜くのは職業病なのかもしれない。毎日細心の注意を払いながら子供たちと接しているから。

とはいえ、この程度の疲れは日常茶飯事だ。

「少し疲れてるかもしれないね。心配かけてごめん」

「私は妻です。心配するのはあたり前でしょう？」

彼女がさらりと口にした言葉に、ドキッとした。

そうだ。蛍は俺の妻なんだ。少しくらい弱いところを見せても、きっと問題ない。

専務のことがあって戦々恐々としている今、常に戦闘態勢でいなければならず、心が疲弊している。それだけに彼女の言葉は心に沁《し》みた。

「そうだね。今日は早めに休むよ」

「そうしてください」

「蛍は疲れてない？」

慣れない生活で不自由していないだろうか。

「私は大丈夫です。他人の心配をしている場合じゃないですよ？」

「俺は蛍の夫だぞ。心配するのはあたり前だ」

彼女のセリフを真似ると、クスクス笑っている。

ギスギスした生活の中に蛍との会話が入るだけで、こんなに心が軽くなる。なぜ一年という期間を設定してしまったのかという思いが胸をよぎった。

ただ、俺はふたりの時間が心地よくても、彼女は仕事に没頭したいのだ。俺が邪魔をするわけにはいかない。

「それじゃあ私も早めに休みます」

「うん、そうしよう」

俺たちは笑い合い、楽しい食事の時間を過ごした。


その晩。ベッドに横になったもののやはり疲れがたまっていたようで、のどの苦しさを感じて眠れない。

――コホンコホン――ゴホッ。

乾いた咳《せき》が止まらなくなり、起き上がってのどを押さえた。

「直秀さん？」

ドアの向こうから蛍の声がする。

「うん」

息苦しくて相槌だけ打つと「入りますね」と彼女が顔を出した。

「ちょっ……どうしたんですか？」

のどを押さえて苦しむ俺に驚いた様子の彼女は、駆け寄ってきて背中をさすってくれる。

「風邪をひいたかもしれない。蛍、うつるからもういい」

俺がそう言うと、彼女はついてきていたまるを抱えて出ていった。自分からもういいと遠ざけたものの寂しさを覚えていると、今度はマスクをつけた蛍がミネラルウォーター片手に戻ってくる。

「ごめんなさい。子供たちにうつすわけにはいかないのでマスクしますね。お水飲めますか？」

「ありがとう」

彼女からペットボトルを受け取り、のどを潤す。

「失礼します」

今度は額に手を置き、熱を測っているようだ。

「微熱があるんじゃないですか？　体温計はどこに？」

「そんなものはない」

「もう！　薬局に行ってきます。解熱剤を飲むほどではなさそうですけど、一応買ってきますね。横になれますか？」

母と同じようにどこかほんわかしている彼女がてきぱきと指示を出し始めるのに少し驚きながらうなずく。

「でも、こんな遅くに……」

彼女ひとりで外に出せない。

「薬局、目の前でしょう？　私の心配より自分の心配してください。お願いだから、自分の体も労わって」

彼女が涙目になるので、目を見開く。それほど心配されているとは思わなかった。

「ごめん。それじゃあお願い」

「はい、行ってきます」

バタバタと慌ただしく蛍が出ていったあと、左手に収まっている指輪に触れながら天井を見上げて思う。

誰にも弱みを見せてはならないと走り続けて、ようやくここまで這《は》い上がってきた。

でも、蛍になら……素の自分をさらけ出せそうな気がする。弱くても余裕がなくても、絶対にけなしたり笑ったりしない。

『直秀くん、いつも注射頑張れて偉いね』

津田紡績の跡取りとして生まれたのに、役立たずだと烙印を押されていたあの頃。父や母以外にいつも俺を褒めてくれた人がひとりだけいた。その人と蛍の姿が重なった。

蛍はすぐに戻ってきて、検温し、スポーツドリンクを飲ませてくれた。

熱は三十七度ちょうどで、体はだるいもののさほど高くはなかったのだが、彼女に世話を焼いてもらえるのがうれしくて言う通りにした。

「のど飴《あめ》なめますか？」

「うん」

咳がひどかったので買ってきてくれたらしい。蛍は包装を破り、俺の口の前に飴を差し出す。

「あーんしてください」

本気か？

俺が食べさせようとすると恥ずかしがるくせに。

るのだろう。
妙な照れくささはあったけれど、多分彼女の生徒たちと同じような扱いをされてい
素直に口を開けると、レモン味の飴が口に入ってきた。

「蛍、もういいぞ。ありがとう」

「ダメです。直秀さんは見てないと無茶をするんだもん。津田紡績を背負うのは大変だと思いますけど、その前に倒れたら意味がないでしょう？　私、いつも頑張りすぎる子供たちを見てるから……。今の直秀さんは子供たちみたいで心配なんです」

病と闘う子供たちのほうが比べものにならないほど大変だろうが、心はギリギリのところまで追い詰められているかもしれない。

実力を示して会社を引っ張らなければという重圧と、隙あらば俺を蹴落とそうともくろむ専務一派の悪意ある挑発。そんなものといつも対峙《たいじ》していなければならないのだから。

「そっか。子供か」

「あっ、そういう意味じゃなくて……」

わかってるよ。

でも子供みたいだと自分で思ったのだ。意地を張って誰にも甘えず、無理がたたっ

て結局余計な迷惑をかけている。

「なあ、蛍」

「はい」

「甘えていい？」

尋ねると、瞬きを繰り返す彼女は耳を真っ赤に染める。

「俺のこと、見ててくれるんだろ？」

「は、はい」

「妻だもんな」

「……はい」

耳がますます赤く染まるのと反比例して、声は小さくなっていく。

「手、握ってくれないか？」

「もちろん」

布団の中から手を出すと、彼女は白く細い指を絡めてしっかり握ってくれた。

幼い頃、苦しいときはいつもこうして手を握ってもらったっけ。

「直秀さん」

「ん？」

「私、ここにいますから、安心して眠ってください。もういっぱい頑張ってるんですから、少し休めばいいんです。ね？」

子供を諭すような蛍らしい言い方だったけれど、心の深いところに届いた。

「ありがとう。そうする」

俺は蛍の手を握り直してまぶたを閉じた。

翌朝、目覚めると蛍が俺の手を握ったままベッドに突っ伏している。

「ごめんな」

ずっと看病していてくれたんだと申し訳なく思うのと同時に、胸に温かいものが広がった。

休めばいいと言われたのは、いつ以来だろう。常にエンジン全開で走ってきた俺には新鮮で、かつ一番求めていた言葉だったような気がする。

蛍のおかげですっかり体調は整った。体のだるさも抜け、深く眠れたせいかいつもより元気なくらいだ。

俺はまだ眠っている蛍にそっと布団をかけてシャワーに向かった。

お湯を頭からかぶりながら考える。

俺はどうして結婚を拒んでいたのだろう。仕事に集中したいというのは嘘ではないが、蛍と一緒だとこんなに心地いい。

結婚が嫌なのではなく、本気で人を好きになったことがなかったのではないだろうか。生涯一緒にいたいと思えるような、そんな女性と出会っていなかっただけじゃ……。

とすると、蛍は……。

「完落ちか」

俺は自分の心にくすぶっている気持ちに気づき、蛍の顔を思い浮かべた。

ティーメディカルに仕掛けられた罠《わな》がわかったのはその翌日。

一番の得意先である野上総合に納めている全商品の納入価がどこかから漏れ、他社がそれをわずかに下回る価格を提示できるとアピールしてサンプルを配り始めたのだ。

大病院は半期に一度入札があり、そこで半年分の契約を結ぶ。そろそろ次の契約の時期なのでそれを狙った行動だとすぐにわかった。

ティーメディカルは繊維の技術を利用した吸収性縫合糸のシェアが国内一位で、脳外科のオペで使用する人工硬膜や心臓手術において心臓の欠損を修復するパッチなどが最近では伸びている。野上総合は俺が担当になり、他社からティーメディカルの商品に切り替えてもらったのだが、もともと納入していた会社が取り返しにきたのだ。

とはいえ、取引してもらえるのは、商品のよさだけではなくフォローアップ体制が整っているから。価格が少し安いくらいではひっくり返されることはない。

ただ問題は、どこから価格が漏洩《ろうえい》したのかだ。

我々メーカーは卸業者を通して商品を販売しているため、その卸業者から漏れた可能性もあるし、病院かもしれないが……。

専務だろうな。

娘と俺との結婚がうまくいかなかった今、俺を自分側に取り入れることはあきらめて、邪魔をしにきたに違いない。父の懸念通りだった。

俺は唯人に電話をかけ、とある指示を出した。

甘えに行きます

体調を崩した直秀さんに手を握るようにせがまれて寄り添っているうちに眠ってしまった私は、「蛍」という優しい声でようやく目覚めた。

「あっ」

「おはよ。昨日はごめん。体痛くない？」

彼からフワンとシャンプーの香りが漂ってきてなんとなく照れくさい。

「平気です。それより直秀さんは？」

シャワーを浴びるくらいには回復したの？　それとも無理してる？

立ち上がりながら尋ねると、彼は笑顔で口を開いた。

「ぐっすり眠れたからか、いつもより調子がいいくらいだ。熱も三十六度二分まで下がってる」

「よかった」

顔色も戻っている。

「蛍のおかげだ。蛍が休んでもいいと言ってくれたから……」

彼はそう話しながら、なぜか私の頬に触れた。その指先から彼の熱が伝わってきて、心臓が早鐘を打ち始める。

「こんな優しい蛍の夫になれたこと、誇りに思うよ」

「そんな」

大げさだ。でも、妻として少しは役に立てたのかな?とうぬぼれる。

「蛍」

もう一度名前を呼びながら熱い視線を送ってくるので、息をするのも忘れそうになった。

このむずがゆい感覚はなんなのだろう。

「ありがとな。これからは自分の体にも気をつける」

「はい。そうしてください。私も気をつけます」

「うん」

直秀さんはうれしそうに微笑んだ。

彼が無茶をしてきたのだと気づいてくれたならうれしい。とはいえ、おそらく急には仕事を減らせないだろう。それなら、私ができるだけ支えになりたい。

結婚は面倒なものだと思っていたけれど、こうして互いに支え合って生きていくのも悪くないかも。

そう感じるのも、直秀さんが会社を背負うという重圧に耐えながら真摯《しんし》に仕事に打ち込む姿に感銘《かんめい》を受けているのと、そんな忙しい中でも私を気遣う優しさが伝わってくるからだ。

……なんて、期間限定の旦那さまにそんな想いを抱いても仕方がないのだけれど。

その日を境に、直秀さんはできる限り早めに帰宅するようになった。とはいえ、仕事の量が減っているわけではなく、夕食後に部屋にこもって黙々とパソコンのキーボードを叩いている。

「直秀さん、コーヒーを淹れたのですが、いかがですか？」

廊下から声をかけると、ドアが開いた。

「悪いね。……チョコだ」

出てきた彼が、お盆にのせてあったビターチョコレートに気づいて頬を緩める。

「疲れたときには甘いものをと思って。直秀さんのはカカオ多めです」

私はもっと甘いものが好みだ。

「ありがと。蛍、もう寝る？」

「いえ、私も明日の授業の準備を少ししようかと」

時計は二十二時半を指している。疲れ果てているときはこのくらいの時間でも夢の中に落ちてしまうが、寝るには少し早すぎる。

「休憩しようと思うんだけど、蛍も一緒にどう？」

「はい。それじゃあ、リビングに運びますね」

ふたりの時間を持てるとわかって心が躍った。直秀さんと話しているのは楽しいのだ。

軽い足取りで先にリビングに戻ると、まるとすれ違った。どうやら直秀さんの声を聞きつけたらしい。

「大好きだもんね」

私の部屋で丸くなっていても、直秀さんが帰宅すると飛んで出ていく。

「まる、ちょっと締まったか？ たくさん蛍に遊んでもらったな」

まるを抱いて入ってきた直秀さんの表情が柔らかくてホッとする。先日熱を出すまではどこかピリピリしていたからだ。

「私が遊ばれているかもしれません」

猫じゃらしを見せても、気が乗らないときはそっぽを向かれる。

「まさか。まる、蛍にはデレデレだもんな。いつも蛍を捜してる」

「直秀さんじゃなくて？」

「そうだぞ。俺は気が向いたときだけだ。ちょっと撫でてやると満足して、すぐに蛍を捜し始める。ほら」

彼がまるを床に下ろすと、まるは私の足下に寄ってきた。

「光栄だわ、まる」

それだけなついてくれたのかな。

うれしく思いつつ、自分の分のコーヒーも用意した。

ソファに座った直秀さんの隣に私も腰かけて、会話を続ける。

「仰木さん、戻ってきたんだけど、もし蛍がいいならまるをこのまま預かろうかと」

「本当ですか？　うれしい」

そろそろ津田家のお手伝いさんが戻ってくる頃だと寂しく思っていたところに、この提案。乗らないわけがない。

「うん。母さんがなんと言うかと思ったけど、俺がそうしたいなら構わないって。そもそも俺が拾ってきた猫だし。蛍に負担かけて悪いけど……」

「負担なんかじゃないです。私の癒《いや》しですから」

院内学級で子供たちと接していると、楽しいことばかりではない。治療のつらさに涙をこぼす子ももちろんいるが、それでも治療をやめてもいいよとは決して言えないのだ。小さな体で必死に命をつないでいると思うと胸が痛くなるのだけれど、私が沈んでいるわけにはいかず笑顔を絶やさないように気をつけている。

そんなとき、帰ってきてまるを抱きしめると気持ちが落ち着く。

「そっか。実は俺も。まると蛍のいる生活が心地いい」

彼が何気なく漏らしたそのひと言に、心臓が大きな音を立てる。

私も？　私も彼の癒しになれているの？

夫婦となり少しずつ打ち解けてきたけれど、それでも普通の夫婦とは違う。互いに遠慮はあるし、近い将来やってくる別れに向かって歩いているのだから。

「まる、それでいいか？」

――ニャーン。

わかっているようなタイミングでまるが鳴くので、直秀さんと笑い合った。

「蛍、最近仕事は順調？　順調って聞き方はおかしいか」

彼はビターチョコレートを口に入れてから聞いてくる。

「摂食障害の女の子がひとり入ってきたんです。少しずつ食べられるようになってきたんですけど、あおぞら教室に来てこっそり吐いていたりして」

学校で太っていると容姿をからかわれて食べられなくなってしまった六年生の蘭《らん》ちゃんは、病棟で吐いて見つかるとまずいと思っているらしく、あおぞら教室に来てから吐いている。隠れてトイレに駆け込むものの私は承知しているので、そばに行って背中をさする毎日だ。

それでも少しずつ吐く回数は減ってきている。

「食べられないって大変だな」

「そうですね。吐いていると必要なミネラルも出ていってしまいます。痩せるだけでは済まないので、少しくらい太っても構わないんだよという働きかけをしているのですが……」

といっても彼女は今、標準体重よりずいぶん痩せてしまっていて、体重を増やす必要があるレベルなのだが。

摂食障害は最悪死につながる恐ろしいものなのだけれど、本人はもっと痩せなくちゃという強迫観念のようなものにとりつかれていることが多く、治療も長期にわたるケースが多い。

「人の心は難しいな。いつもけなされ続けているとそれが当然になってきて、そのうち麻痺《まひ》してくる。でも、平気なわけじゃないから、体のどこかに異変が出たりして……」

「そうなんです。あおぞら教室の子供たちは我慢に慣れすぎていて、苦しいときに泣くことすら躊躇する子もいます。私はそんな子たちを泣かせてあげたいんです」

蘭ちゃんが吐くのも、病棟のナースに報告は入れるが、私はあえて止めない。弱い自分をさらけ出す場所がなくなってしまったら、それこそ心が壊れてしまうからだ。

だから治療はドクターに任せて、私たち教師はそっと寄り添って苦しい気持ちを共感してあげるだけでいいと思っている。

「そうだな。苦しいときにもっと頑張れと言われても反発心が起こるだけ。つらいねと声をかけてもらえると、つらいと思ってもいいんだとホッとするんだ」

彼がなにかを思い出すように言うので、不思議に思った。

「直秀さん、そういう経験があるんですか？」

「うん。俺も幼い頃、入院してたことがあって。いつも慰めてくれたナースがいた」

そうだったのか。だから子供たちの苦しさを理解してくれるんだ。

「いいナースですね」

小児科病棟のナースも高原主任を筆頭に素敵な人が多い。子供たちのつらさを理解しつつも、必要な治療は決して拒ませない。そんな姿に、いつも感銘を受けている。

「蛍もいい先生じゃないか。きっと蛍の生徒は幸せだよ」

「そうだとうれしいです」

「うん」

彼が笑顔でうなずいてくれるので、このまま突き進もうと自信が持てた。

「あとは、症状が思わしくなくて脳外に移って、あおぞら教室に通えなくなっている男の子が心配なんです」

脳外の病棟に移っていった幸平くんだ。

「ひょっとして、倉田先生の患者さん？」

「そうです」

「そっか。昨日、野上に顔を出したんだよ。倉田先生にも面会したんだけど、途中でナースに『幸平くんが』と呼ばれて行ってしまった。〝くん〟と呼ぶくらいだから子供だろうなと。それで、蛍が以前プリンを食べられたと喜んでいた子がそんな名前だったと思って」

直秀さん、野上に来ていたのか。知らなかった。

「そうです、あの幸平くん。今は倉田先生にお願いするしかないんですけどね。私たちは彼がまたあおぞら教室に来たときに、おかえりと迎え入れるだけ」

「きっと幸平くんも蛍に会いたいはずだよ。今度また会えるときまで、蛍は元気でいないと」

彼はそう言いながらチョコレートを私の口に向ける。

「ん？」

「口開けて」

「じ、自分で食べます」

「ダメだ。蛍だってやってくれただろ？」

そういえば、先日のど飴を食べさせたような。でもあのときは具合が悪かったから看病のつもりだった。それに以前、チョコレートを食べさせてもらったとき、散々からかわれて恥ずかしかったのを思い出して、顔が火照ってくる。

「いえっ、でも――」

「早くしないと溶ける」

急かされて結局は口を開けてしまった。

「おいしい？」

「おいしいです」

不自然なまでに目を泳がせて答える。すると彼は、おかしそうにしばらく肩を震わせていた。

照れくさくてうつむき加減でコーヒーをのどに送ると、テーブルに置いてあった直秀さんのスマホが鳴りだした。

「ちょっとごめん」

彼はすぐさまそれを手にして廊下に出ていく。

まるが追いかけていったので、邪魔しないように捕まえに行くと、少し声が聞こえてきた。

「やっぱり。証拠、押さえておいて。こうなったら専務を失脚させる」

専務？　結婚の挨拶に行ったとき、津田家にいたあの人？

失脚という物騒な言葉が飛び出し、緊張が走る。いけないとは思ったけれど、気になってその場から動けなくなった。

「野上は大丈夫だ。高原先生と倉田先生が力を貸してくださる。あのふたりが反対すれば、他社に持っていかれることは絶対にない。ただ……専務とその会社がどこでどうつながっているのか……」

どうやら野上総合が絡んでいるようだ。話から察するに、専務がティーメディカルを裏切って他社と手を組んだのだろう。

やはり、私たちの結婚が引き金になっている？　大丈夫なのだろうか。

強く抱きすぎたのか、まるがニャンと鳴き声をあげてしまった。すると直秀さんは「また連絡する」と電話を切り、ドアを開ける。

「……ごめんなさい」

つい聞き耳を立ててしまった。

「いや、構わない。専務がうちの会社の情報を漏らしているようだ。蛍」

さっきまで穏やかな時間が流れていたのに、ピリッとした雰囲気が漂う。

「はい」

「この件について蛍が気にすることはなにもない。もちろん、会社も守る。でも、正直言って、専務のやり方は気に食わない」

怒りを纏った声を吐き出す彼は、眉間にしわを寄せる。

「父には許可を得ている。専務を追い出すつもりだ」

まさか、そんな大事になっているとは。

「そうでしたか。私たちの結婚が悪影響を――」

「それは絶対にない」

私の言葉を遮る彼は、私の肩に手を置いて首を横に振る。

「本当ですか？」

「心配いらない。それに、万が一そうだとしても俺は今の結婚生活をやめるつもりはないよ」

それは、どういう意味？

『まると蛍のいる生活が心地いい』と言われたばかりの私は、少し期待してしまう。

期待？　なにを？

自分の考えにハッとする。

私も……直秀さんとの生活が心地よくて、ずっとこのままでいたいんだ。

「でも、専務のお嬢さんと結婚すれば丸く収まるのでは？」

「それが嫌だから蛍と契約結婚したんだろ？　いくら津田紡績が大切だからといっても、会社のために自分の結婚を犠牲にするつもりはないし、専務の力なんて借りなくても津田紡績を盛り立ててみせる」

「ごめんなさい。そうでしたね」

ああ、わかっているのに頭の中が混乱して余計なことを口にしてしまった。

「なに謝ってるんだ？　……蛍」

表情を緩めた彼は、私の顔を覗き込む。

「はい」

「やっぱり、蛍は手放せない。電話でイラついたのに、もう落ち着いた。しばらくイライラする日が続きそうだから癒して」

そうしたいのはやまやまだけれど、癒すってどうしたら？

「私にできることであれば。……あっ」

そう言った瞬間、いきなり抱き寄せられて目が点になる。まるが私の腕からピョンと飛び出していった。

「直秀、さん？」

「戦力を蓄えたいんだ。ちょっとこうしてて」

こんなことで戦力が蓄積するの？

耳に届く彼の呼吸音にドキドキしてしまい、頭が真っ白になる。

「疲れたら、甘えさせてくれる？」

「えっ？　……もちろん、です」

彼の力になれるならなんでもする。けれど、私ができることなんてほとんどないだろう。

「ありのままの自分を受け入れてくれる場所があるって幸せだな」

彼がしみじみ言うので、うれしくなる。

私には仕事は手伝えないが、寄り添うのだけは得意だ。なにもできなくても、こうして隣にいればいいのかもしれない。

「蛍」

もう一度私の名を呼んだ彼は、一旦体を離し、しかし今度は額に額を合わせてくる。あまりに近い距離に、肺に酸素が入ってこなくなった。

「ありがと」

目の前で形のいい唇が動くのをカチカチになりながら見ていると、ふと頬を緩めた彼は離れていった。

翌日から、直秀さんは専務の追及という仕事がオンされてさらに忙しくなったようだ。そのせいなのか、出かける前に必ず私を玄関に呼び、なぜか抱きしめてくる。

「よし。これで頑張れる」

彼はそんなふうにつぶやき、「行ってきます」とさわやかな笑顔を残して出ていった。

私たちの間に新しくできた習慣は、照れくさいもののとても幸せな時間だ。私を抱きしめたくらいで彼の活力が湧いてくるとは思えないけれど、役に立てているのだろうか。

というか……。

「私が頑張れちゃうんだけど」

足下にまとわりつくまるを抱き上げて思わず漏らした。

その日の午後は、ベッドサイド授業の担当だった。小児科病棟に向かうと、竹内さんが私を見つけて近寄ってくる。

「ね、旦那さん、面倒なことに巻き込まれてない?」

専務関連の話だろうか。私もあまり詳しくは知らないので答えられないし、安易な発言は避けたい。

「あまり仕事のことはわからなくて……」

曖昧に濁すと、高原さんも近寄ってきた。

「竹内さん、あの件でしょう? 首つっこまないの」

「すみません」

「点滴用意しておいて」

「わかりました」

高原さんから指示を出された竹内さんは離れていく。すると高原さんは私の腕を引き、人気のない階段に向かった。

「ちょっと噂になってるの。津田さんと担当営業さんが薬剤部に来てるみたいで、今日決戦日だって」

「決戦日？」

なんのこと？

「うん。ティーメディカルの商品を引き続き採用するか、他社のものに変更するか決定するみたい」

そんな大切な日だったんだ。

「他社がすごい勢いで攻めてきてるらしいわね。でもうちの主人、ティーメディカルさん一択なの。価格が多少安かろうがフォローアップできないメーカーに任せられないって」

「本当ですか？」

高原さんの旦那さまは、心臓血管外科の名医だ。そんな人からお墨付きをもらえたら鬼に金棒ではないだろうか。そういえば直秀さんも電話でそんな話をしていた。

「うん。あとは脳外も倉田先生を筆頭にティーメディカル派。内科でどちらでもいいというドクターはいるけど、オペをする外科系の意見が強いでしょうね。だから大丈夫だと思うよ。月島さん、津田さんの奥さんだって知られてるから、いろいろ耳に入って心配するかなと思って」

「お気遣いありがとうございます」

なにも知らない妻なんて、呑気《のんき》なものだ。ただ、知ったところでなにもできないのが残念だった。

「それと……最近倉田先生に会った？」

「いえ」

「幸平くん、ちょっとよくなくて」

高原さんが眉をひそめるので緊張が走る。

「よくないって……。回復、しますよね？」

期待いっぱいで尋ねたものの、彼女がうなずくことはない。

「うーん。私もまだ詳しくは聞いてないんだけど、そのうち倉田先生から説明があるかも。とにかく、しばらくは小児科には戻ってこられそうにないって」

「そう……ですか」

『蛍せんせ』と舌足らずな言い方で慕ってくれる幸平くんの顔が脳裏に浮かび、胸が痛くなる。

でも、まだよくならないと決まったわけじゃない。過去に、ドクターに厳しいと宣告されたのにもかかわらず、見事に回復した子供たちを何人も見ている。子供は症状の進行が速いケースも多いが、治癒する力も秘めているのだ。

「なにかわかったら教えてください。私たちサイドでできることならなんでもやります」

「うん、お願い。幸平くん、あおぞら教室大好きなのよね。私たちももちろん全力でバックアップするけど、どうしても苦しい治療が伴ってしまうの。だから、思いきり甘えさせてあげて」

「もちろんです」

高原さんはできた人だ。子供たちのつらさをしっかり理解しながらも、厳しいこともはっきりと言う。もちろん、それが子供たちの明日につながるからだ。

「よろしく。それじゃあね」

去っていく高原さんのうしろ姿に頭を下げる。私ももっと頑張らなくては。

今頃闘っているだろう直秀さんは心配だったが、高原さんの言葉を信じて授業に向かった。

その日は十八時過ぎに病院を出ることができた。

今日は風邪気味であおぞら教室を休んだ生徒はいたものの、ほかの子たちは比較的元気に過ごせた。そこに、幸平くんの姿がないのが残念だ。

「蛍」

最寄り駅へと足を踏み出すと、私を呼ぶ声がして振り返る。

「直秀さん！　どうだったんですか？」

決戦日だと聞いてからずっと気になっていたけれど、仕事中だと悪いと思ってメッセージも電話も控えていたのだ。

「あれ？　聞いたの？」

「はい。それで？」

彼に歩み寄り急かすと、笑顔を見せてくれる。ということは……。

「ティーメディカルを見くびってもらっては困る。一応、今日最終決定が出るということで呼び出されたけど、もう昨日までにいろんなドクターから推薦をもらってたんだ。価格は多少下げることになったが、その代わり再生医療に関する新商品も採用になった」

「すご……」

私には直秀さんたちの仕事はよくわからない。ただ、ひとつの商品を採用に持っていくのも簡単ではないらしい。特にこうした大きな病院にはどのメーカーもエース級の営業を投入してきているので激戦なのだとか。

「まあ、それは商品がいいから。津田紡績とある大学が共同開発してきたもので、世界中のドクターから注目されてるんだ。野上総合は優秀なドクターがそろってるから、しっかり使いこなしてくれると思うよ」

世界中とは。スケールの大きさに圧倒される。

「とりあえず大仕事が終わった。このまま直帰するから車に乗って」

「はい」

彼がこんな時間に帰れるなんていつ以来だろう。これで忙しい日々から少し抜け出せるのではないかと期待した私は、笑顔で返事をした。

久々に食事に行こうと誘われて、ふたりで初めて行った中国料理店をリクエストした。

「はー、やっぱり辛い。でも最高」

麻婆豆腐を口に入れながら汗をかく彼は終始笑顔だ。

「蛍と初めてこの店に来たのが昨日のようだな」

「そうですね」

彼と一緒に暮らしていると、あっという間に時間が過ぎていく。ということは、着々と離婚までの日数が減り続けているのか。

それが急に寂しくなり、食べる手が止まった。

「蛍？」

「あっ、辛すぎて気絶してました」

「まさか」

彼はクスクス笑っている。

契約結婚を決めたときは、こんなに打ち解けられるとは思ってもいなかった。

「それで、黒幕はやっぱり専務だったんですか？」

気になっていたことを尋ねると、神妙な面持ちの彼はうなずいた。

「俺が蛍と結婚して娘との縁を結べなかった時点で、俺を蹴落とす作戦に切り替えたんだろう。実は他社が妙な動きをしていると勘づいて調査した。そうしたら価格が漏れていて……」

彼は小さなため息をつき、箸を置いてしまった。

「専務が俺を陥れようとしているんじゃないかという疑いが浮上して、唯人に探ってもらったんだ。そうしたら専務の社内パソコンに、関係ないはずの野上総合の納入価一覧がダウンロードされていた。もちろんティーメディカルのパソコンにはロックがかかっていたんだが、少し前にひとり部下が退職していて……」

まさか、その部下が漏らしたの？

「唯人の話では、そいつは今回競合した会社に移っているようだ。どういうやり取りがあったかまではわからないけど、専務と結託してティーメディカルの納入価という手土産を持っていったんだろうな。証拠はそろっている。専務もその男ももう終わりだ」

彼の目が鋭くなる。この人を敵に回した専務は、きっと浅はかだ。

「ただ……。部下をそんな不正に関与させてしまったのは俺の責任だ」

「えっ？」

彼が思わぬことを言うので、目を見開いた。

「俺は今まで、自分が率先して実績を上げれば部下はついてくると思ってた。実際そうだったんだが……蛍を見ていて、少し違うんじゃないかと思い始めた」

「私？　どうしてですか？」

「うん。蛍が子供たちから信頼されているのは、しっかり子供たちの心をつかんでいるからだ。俺みたいに一方通行じゃない。今回、裏切った男は有能な部下だったし、俺も信頼していた。でも、一緒にティーメディカルを成長させようという気持ちは伝わってなかったんだ。これからはもっと部下と積極的に話をしたいと思ってる」

私よりずっと大きな責任を負い影響力のある立場の彼が、私の行動を見て気持ちを新たにするなんて信じられない。けれども、直秀さんや周辺の人たちの未来がよいほうに変わるのならとてもうれしい。

「私も役に立つことがあるんですね」

少しおちゃらけながらうぬぼれた発言をしたのに、彼はふと真顔になった。

「蛍は俺を変えてくれる。こんな女に出会ったのは初めてだ」

まっすぐな視線を送られて真剣に告白されると、息が苦しくなる。

「蛍、ありがとう。君は俺の最高の妻だよ」

彼に優しく微笑まれて、心臓が口から飛び出してきそうなほど暴れだした。

なんだか恥ずかしくなってしまい、それからまともに話せなかったけれど、無言で料理を口に運ぶ間ですら幸せだった。

院内学級をみずから志したものの、足りないところだらけだと落ち込んでいた毎日。そんなとき友人から、『そろそろ結婚して仕事を辞めたら？』と軽く言われて、心の中で強く反発していたのかもしれない。

私はそんないい加減な気持ちで子供たちとかかわっているわけじゃないと思いながらも、自分は本当に必要な存在なのだろうかと悩むこともあった。

でも、直秀さんと結婚してから、彼にたくさんの自信をもらった。まだ足りないと感じることはあっても、このまま走り続ければいいと今は思えるのだ。

ふたりでマンションに帰ると、まるがふわふわの猫用クッションの上で丸くなって寝ていた。物音に気がついたようで薄目を開けたが、すぐにまた眠ってしまう。

「お前、俺が蛍を独占したから怒ってるだろ」

「まさか」

直秀さんがとんでもない言葉をかけるので、びっくりしてしまった。

「でも残念。蛍は俺の奥さんだからな」

そして続いた独占欲をあらわにしたような発言に、私が恥ずかしくなる。

「きょ、今日はお疲れさまでした」

いたたまれなくなった私は、話を変えた。すると彼はうれしそうに微笑んでうなずく。

「ありがと。契約の継続ができる自信はあったけど、いろいろ問題山積だったからやっぱりちょっと疲れたな」

それにも納得だ。親会社の専務が裏で直秀さんの足を引っ張ろうと画策して、大切な部下まで失ったのだから。心労が絶えなかったに違いない。

「そうですよね」

「うん。だから癒しが欲しいな」

「癒し？」

彼にとってはなにが癒しになるのだろう。妻なのに、夫のことをなにも知らないのだなと少し寂しくなった。

「そう。これ」

「キャッ」

突然腕を引かれて目を丸くしていると、ソファに座らされた。さらには彼が私の膝に頭をのせて横になるので、ひどく驚く。

「どうしたんですか？」

「癒して」

「いえっ、それならもっとなにか……」

こんなことで癒しになるはずもないと代替案を考えようとしたものの、頭が真っ白でなにも浮かばない。

「これが最高だ。蛍に触れていると安心する」

慌てふためく私を見て白い歯を見せる彼は、私とは違って厚みのある大きな手を伸ばしてきて、頬に触れてきた。

「蛍」

「は、はい」

彼の眼差しが熱くて、呼吸をするのも忘れそうになる。

「いつもありがとう。蛍がそばにいてくれると思うだけで、簡単に自分の限界を超えていける」

私はなにもしていないのに、そんなふうに思ってもらえるのは光栄だ。

「蛍は、俺が知らない世界を見せてくれる。蛍の夫になれてよかった」

「直秀さん……」

なんだか胸にぐっとくる。私も、彼の妻になれてよかったと思っているからだ。心が通じ合った気がしてうれしかった。

「もっと、蛍のことを知りたい」

頬に触れていた指が唇に移り、ゆっくり撫で始めるので、心臓がすさまじい勢いで暴れだす。色香を纏った彼の視線が、私の体を火照らせた。

「蛍。……す」

彼はなにかを言いかけたものの、口を閉ざしてしまう。

ようやく唇から手を離した彼は、今度は私の左手を握り、薬指の指輪に軽く唇を押し当てた。

こんなことをされたら、ずっと一緒にいたいという想いがあふれてきそうになるのに。

「もう少しこうしてて」

珍しく甘えモードの直秀さんは、私の手を握ったまま目を閉じた。

それから一カ月。

うっとうしい梅雨がようやく明けて、まぶしいほどの太陽が顔を出した。

日光には〝幸せホルモン〟と呼ばれるセロトニンや、その欠乏が鬱《うつ》病と関連しているといわれるビタミンDを生成する力がある。だからか、梅雨が明けてから子供たちの表情が明るくなってきた。

今日は喜多川先生の提案で、屋上に日向ぼっこに向かった。太陽の勉強という名目での息抜きだ。

初夏の生ぬるい風が吹いてきて、私の髪を揺らす。

「先生、気持ちいいね」

「そうね。一日中ここにいたいかも」

話しかけてきたのは摂食障害の蘭ちゃんだ。彼女は過食しなければそれほど太らないこと、生きるためにもう少し体重を増やす必要があることを少しずつだが納得できるようになってきて、吐く回数が劇的に減っている。それとともに顔色もよくなり、うれしい限りだ。ドクターやナースの根気強い働きかけには頭が下がる。

「あはは。それは生徒のセリフだよ。先生が言うなんておかしいって」

「そっか……。つい本音が」

蘭ちゃんの笑顔はかわいい。食べられなくなるほど傷つけられたのだと思うと胸が痛むけれど、ここを乗り越えてまた羽ばたいてほしい。

「蛍先生、幸平くんまだ来ない？」

次に話しかけてきたのは三年生の男の子。彼は幸平くんとても仲がよかったのだ。

「そうだね。今、すごく頑張ってると思うの。もう少し待とうね」

「うん！」

彼自身つらい治療に耐えているため、幸平くんの気持ちがわかるのだろう。素直にうなずいたあと、それでもやっぱり寂しいのか私の手を握った。

脳神経外科の倉田先生に呼び出されたのは、その日の夕方。喜多川先生と一緒に脳外科病棟に足を運ぶ。

ナースステーションにいた倉田先生は、私たちをカンファレンスルームに案内した。

病棟クラークから連絡が入ったときから胸騒ぎが止まらない。間違いなく幸平くんの話だ。

イスを勧められて喜多川先生の隣に腰かけると、倉田先生は真向かいに座り口を開いた。

「幸平くんのことで来ていただきました」

「はい」

緊張でのどがカラカラだ。返事すら出てこない私とは対照的に、喜多川先生が落ち着いた様子で答えた。

「幸平くん、あおぞら教室が大好きで、戻れるのを指折り数えていたんです。それでご家族が、あおぞら教室の先生にもお話ししてほしいとのことで……」

ああ、その先は聞きたくない。呼び出されたときからなんとなく覚悟はあったが、動揺で倉田先生の顔が見られなくなった。

「幸平くん、脳幹部に腫瘍が転移してしまいました。どんな優秀なドクターでも手術できません。化学療法も期待できず放射線だけが頼りですが、これも根治させるわけではなく、延命のための処置と考えてください」

延命……。つまり幸平くんは余命宣告されているのだ。

「十カ月から一年だと思っていただければ」

「そんな……」

耐えきれず、声が漏れてしまった。

「月島先生」

すると顔をゆがめる喜多川先生が声をかけてくれた。

「取り乱してすみません。続けてください」

「はい。すでに放射線治療は始まっていて、症状が軽くなっています。そこで、もう少し体力が戻ったらあおぞら教室に行かせたいとご家族が希望されています」

意外な提案に目を瞠る。もう来られないと思っていたのだ。

「可能なんですか？」

身を乗り出して質問すると、倉田先生はうなずいた。

「その日の体調次第ですけど、短時間なら。幸平くんにとってあおぞら教室は、生きている証なんです。ただベッドで天井を見上げているだけというのは、彼が望む生き方とは違う気がします。協力していただけないでしょうか」

倉田先生が頭を下げるので慌てる。

「もちろんです。こちらからお願いしたいくらいです」

上司である喜多川先生より先に答えてしまったけれど、喜多川先生もうなずいている。

「幸平くんは月島先生によくなついています。できるだけ月島先生がかかわれるようにほかの教員と連携を取ります。ですから、お任せください」

喜多川先生が力強く宣言してくれるのがうれしかった。

「ありがとうございます。ただ……幸平くんは今まで闘ってきて体がボロボロです。

正直、あまりもたないかもしれないという意見が脳外のドクターの中にもあります。でも、まだ必ず輝ける。全力で治療にあたります。よろしくお願いします」

「どうか幸平くんをお願いします」

私は深く頭を下げた。その瞬間、膝の上に涙がこぼれたけれど、泣くのはもう終わりにしなければ。幸平くんは私に泣いてほしいわけじゃない。

「月島先生。治療は倉田先生にお任せして、我々は我々ができることをしましょう」

「はい」

喜多川先生にそう言われ、気持ちを引き締めた。


その日の帰り、幸平くんのことで頭がいっぱいになりながら駅へと向かう途中で、

「月島さん」と声をかけられて振り向いた。

「あっ……」

以前、財布を拾った女性だ。

「えーっと……」

「田原です」

そうだった。名前を忘れてしまい失礼だと思ったけれど、特に気にしている様子は

ない。

「失礼しました。田原さん、このあたりにお勤めなんですか？」

ＯＬだと話していたが、詳しくは聞いていない。

「そうなの。この駅をいつも使ってるんです。お会いしたの久しぶりですね。あのときは本当に助かりました」

「とんでもないです」

私たちは肩を並べて歩き始めた。

「うちの猫がすみませんでした。普段はおとなしいんですけど、来客にびっくりしたのかもしれません」

まるが敵意むき出しに威嚇していたことを思い出して謝った。

直秀さんのマンションで暮らすようになってから、彼女以外、誰も招いたことはない。だから急に知らない人が現れて、まるも驚いたのかなと思っている。

「いえいえ。私、動物に好かれないみたいで。あんまり得意じゃないのばれてるかも」

なるほど。彼女のほうも猫が苦手なら、そういう気持ちは伝わるのかもしれない。

「こちらの思い通りに動いてくれないのって、イライラするの」

意外なまでに強い言葉を口にするので驚いてしまった。見た目は上品で、そんな悪態をつくようには見えなかったからだ。

「あっ、ごめんなさい。最近、ほかにもそういうことがあって」

彼女はにこっと微笑みながらそう口にしたけれど、その笑顔が作りもののように感じるのは気のせいだろうか。

「……そう、ですか」

「私ったら。仕事が忙しくて疲れてるみたい。ピリピリしてるわね」

「今日はゆっくりお休みになってください」

駅に着いて改札をくぐり、やはり同じ方向のホームに向かう。

正直、幸平くんのことで頭がいっぱいで、適当な相槌しか打てない。

「でも、彼とデートの約束があるのよ。月島さん、旦那さんとデートしない？　そういう約束があると、疲れも吹っ飛ぶでしょう？」

直秀さんとデート？

デートといえば、指輪を買いに行ったあの日くらいだ。あとは数回一緒に外食したのみで、次の約束なんてない。もちろん、かりそめの夫婦なのだからおかしくはないのだけれど。

それにしても彼というのは、例の結婚してしまった人のことだろうか。

「そうですね」

話を聞いてもらいたそうだと感じたが、今日は勘弁してほしい。素っ気ない態度で返事をすると、彼女は私の顔を覗き込んだ。

「もしかして、旦那さんとうまくいってない？」

「いえ」

「余計なことを聞いてごめんなさい」

彼女は即座に謝るけれど、なぜか頬が緩んでいる。

ああ、そうか。他人の不幸は蜜《みつ》の味、なのかも。特に自分が好きな人と結婚できなかったのだから、幸せな光景なんて癪に障るはずだ。

でも、それなら声をかけてほしくない。

「私もちょっと仕事で疲れていて。主人は私の心の支えです。うまくいっていますよ」

私は改めて笑顔を作ってから答えた。これは本音だ。

たとえデートの約束がなくても、直秀さんと過ごす穏やかな時間はかけがえのないものになっている。仕事で悲しいことがあっても、彼と話していると気持ちが整理できて次へと向かえるのだ。

「そう。よかった。あっ、デートの場所変更みたい。失礼しますね」

バッグからスマホを取り出してチェックした彼女は、慌ただしくもと来た方向に戻っていった。

嵐のような人だ。突然現れて、私の心をかき回して去っていく。

私はそれほど親しくない人と身の上話なんてしたことがない。しかし、彼女は積極的に私の領域に食い込んでこようとする。悪気はないのだろうけど、少し疲れてしまった。

「ま、いいか」

たまたま会っただけだろうし、友達付き合いをせがまれたわけでもない。

世の中にはいろんな人がいるんだと納得して家路を急いだ。

マンションに到着しても、食事を作る気が起こらない。幸平くんのことを考えて、ソファでため息ばかりついている。

最初は私の膝の上で丸まっていたまるだったが、遊んでもらえずつまらなかったのかどこかに行ってしまった。

こんなときは直秀さんと話がしたい。幸平くんについてでなくてもいい。彼と会話をして気持ちを落ち着けたい。

そう思って待っていたけれど、【今日は遅くなる。先に寝てて】というメッセージが入って肩を落とした。

――なんて勝手な。

仕事に集中したいから私と結婚した直秀さんの邪魔になっては本末転倒。いくら私の中で彼の存在が大きくなっているからといって、多くを求めすぎてはいけない。彼は契約結婚の目的を果たせているのだから、喜んであげるべきなのだ。

「はー、夕飯作りパスしよ」

まったく食欲がない私は、【私も遅くなるので夕飯を食べてきてください】と嘘のメッセージを送信し、常備してあるチョコとコーヒーを持って自室に向かった。

翌朝。朝食の準備をしたのに直秀さんはなかなか姿を現さない。昨晩はかなり遅くに玄関のドアが開く音がしたけれど、もうベッドに入っていたので出迎えに行かなかった。

「まる、起こしたほうがいいかな？」

深く眠ってしまっているのではないかと心配になり、直秀さんの部屋に足を向けた。

「直秀さん、朝ですよ」

廊下から声をかけたものの返事がない。

「直秀さん、失礼しますね」

ドアを開けても起きる気配はなく、ベッドサイドまで行く。

ぐっすり寝てる……。

キリリとしている普段の彼も素敵だけれど、こんな無防備な姿も魅力的だ。

「朝です……キャッ」

肩をトントンと叩いて起こそうとすると、強い力で引っ張られて腕の中に収まってしまった。

「蛍」

私の名前を呼んだ彼だけど、目は閉じたままで眠っているようだ。寝ぼけてる？

「直秀さん？　そろそろ起きないと。……えっ？」

近すぎる距離にドギマギして離れようとしたのに、かえって強く抱きしめられるありさまだ。

「うーん。もう少し」

もう、無理。こんなふうに抱きしめられては、まともに息が吸えない。

「直秀さん！」

大きな声で彼の名を呼ぶ。

すると、ようやく目を覚ました彼は、私をまじまじと見つめた。

「本物？」

「はい。……そ、そろそろ放してください」

恥ずかしくて起き上がろうとしたのに、なぜかもう一度抱きしめられる。

「かわいい奥さんが隣にいてくれるなんて、今日は朝から最高だ。ずっと寝ぼけていたい」

「いえっ、あのっ……」

目を白黒させていると、ようやく手の力を緩めてくれた。しかしホッとしたのもつかの間、今度は頬を両手で包まれて、なにも考えられなくなる。

「なあ、蛍。夫婦なんだから、一緒に寝る？」

甘くささやかれ、ただただ瞬きを繰り返す。

「……まずい、遅刻する！　起こしてくれてありがと」

ようやく時間に気づいた直秀さんは、私の額に軽く唇を押しつけてからベッドを出ていった。

「キス……」

今、キスした?

彼の柔らかい唇が触れた額に手をやり、放心する。そのあと、じわじわ耳が熱くなってきたのに気がついた。

一緒に寝るって……。からかわれたのよ、きっと。

「あっ!」

余韻に浸っている場合じゃない。私も遅刻する。

我に返った私は、慌てて飛び起きた。

直秀さんは顔を洗って髪を整えたあと、着替えを先に済ませるはずだ。

私はキッチンに戻り、オムレツやトーストをテーブルに運んだ。

「洗濯機、回しておかなきゃ」

いつも乾燥までセットしてから出かけるのだ。

部屋に戻る直秀さんの足音が聞こえてきたので、入れ替わりに私が洗面所に向かう。

「あれ? シャツ……」

ワイシャツはいつも彼がフロントクラークに預けてクリーニングに出しているのだけれど、昨日は遅かったから脱いだままここに忘れたのだろう。

手に取ると、とあるものに気がついて息を呑んだ。

「なに、これ」

シャツの胸のあたりに、赤いシミがある。

それがなにかわからない振りをしたかったのに、できなかった。

「なんで……」

昨晩遅かったのはそういうこと？

その赤いシミは、間違いなく口紅の跡だ。

たちまち鼓動が速まり、嫌な汗が噴き出すのがわかる。

じゃあ、さっきのキスはなに？　やっぱりからかっただけ？

激しい胸の痛みに襲われて、私は気づいてしまった。直秀さんを好きだということに。

ダメだ。好きになったって、彼は手の届かない人なんだ。私たちは一年限りの夫婦なのだから。

大きな会社の跡取りで、仕事に情熱を燃やし、家庭を持つことになんて興味がない。

そんな人を好きになったところで、幸せなんてつかめない。

必死に自分に言い聞かせるも、視界がにじんできてしまう。

だって……もう好きになってしまったんだもの。

「蛍？」

「は、はい。今行きます」

どうやら着替えが済んだ直秀さんが私を捜しているようだ。慌てて涙を拭ったとき、まるがやってきた。

「まる、内緒だからね」

好きになってしまったことを彼に知られてはいけない。

直秀さんが私を契約結婚の相手に選んだのは、彼への好意がなかったからだ。少しでも長く一緒にいたいなら、この気持ちは隠しておかなければ。

私は深呼吸をして気持ちを整えてからリビングに向かった。


それから一週間。直秀さんになんの変化もない。

帰宅が日をまたいだのはあの日だけで、遅くても二十一時には帰ってきている。

私はあの口紅のシミを見なかったことにして、平然と振る舞っていた。

今日は夏が近づいてきたことを主張するような熱い風が肌にまとわりついてきて、沈んだ気持ちをいっそう不快にさせる。

しかし高校生の女の子が「暑いの嫌いだけど、季節を感じるからいいんだよね。病室じゃわからないもん」と言いながら外の空気を吸っていたのを見て、ハッとした。

彼女たちは今日も、そして明日も病気と闘わなければならないのに、こんなに前向きだ。私が足を引っ張ってはいけない。

深く反省した私は、直秀さんのことを頭から追い出して仕事に励んだ。

院内学級は夏休みに突入した。とはいえ、子供たちの入院生活は続いているので週に二回はサマースクールと称して教室を開いている。授業の遅れを取り戻したり、皆でゲームをしたりして楽しむのだ。

その日の午後。幸平くんとの面会許可が下りて、私は早速向かった。

「幸平くん」

「蛍せんせ」

久々に会った彼は頬がこけてしまっていて、闘病の厳しさを思い起こさせる。それでも以前と同じようにニマーッと笑ってくれるのがうれしくて、私も笑顔になった。

「久しぶりだね。いっぱい頑張ったんだって？　偉いなぁ」

私は点滴がつながっている彼の手をそっと握った。

「そうだよ。頑張ったの。あおぞら教室行きたいもん」

「そっか。もう少し元気になったら行けるよ。それまで先生が来るね」

「うん」

うれしそうに白い歯を見せる彼が、あとわずかな命だなんて信じられない。

「あおぞら教室でなにをしたい?」

できる限り願いを叶えてあげたいと質問すると「うーん」と考えだした。

「皆とお話しして、算数やって、あとはね……屋上にお散歩に行きたい」

これほど大変な思いをしているのに、算数と口にする彼がいじらしい。でも、院内学級でその年齢相応のことをするのは、彼らにとって落ち着く行為なのだ。

あたり前のことがあたり前にできる。それがどれだけ幸せなのか、よくわかっての願いなのだと思うと切ない。

しかも、屋上にお散歩というのも、体が思うように動かせない今、遠くまで出かけるのは無理だとわかっていての望みに違いない。

「お散歩かぁ。いいね。ほかの先生にも話しておくね」

「うん」

笑顔で返事をした彼だけど、目を閉じてしまった。

「せんせ、疲れちゃった」

「うん。今日はこれくらいにしよう」

「ここにいて」

きっと寂しくて苦しくて不安なのだろう。

「いいよ。今は幸平くんだけの先生だから」

私は彼が眠りに落ちるまで、細くなってしまった手を握り続けた。


お盆休みがあっという間に過ぎた。しかし幸平くんはなかなか体力が回復せず、あおぞら教室に足を運ぶことができない。倉田先生の話では、放射線治療で少し症状が改善したものの、ベッドサイドで話をするのが精いっぱいだということだった。

そのため、私は毎日せっせと病室に通い、幸平くんの好きな気候の話をしている。

入院が長引くと、窓から見上げる空だけが楽しみになる子もいて、そのうち天気や星に興味を抱き始めることもある。彼もそのひとりだ。

家では、あの口紅の跡を見てしまってから、直秀さんとまともに視線を合わせられなくなった。

互いにお盆休みがあったものの、顔を合わせたのは食事のときだけ。直秀さんは体がなまるからとジムに出かけるときもあったが二時間ほどで帰ってきて、こそこそ誰かと会っている様子は見られなかった。

そもそも仮の妻を前にこそこそする必要がないのだけれど。

あの口紅は、偶然誰かとぶつかってついたんだ――。お盆休みが明けてからも、必死に自分にそう言い聞かせている。

私……それほど直秀さんが好きなんだ。

「……たる。蛍？」

「えっ？　はい」

その日の夕食のとき、そんなことを考えていたら名前を呼ばれているのに気づかなかった。

「どうした？　なにかあった？」

「いえ……」

「でも最近、少しおかしいぞ。疲れてるなら夕飯作りはパスしていい。俺がなにか買ってくるから」

嫌だ。私から食事作りを取り上げないで。

特に料理が得意というわけではない。けれども、妻として彼のためにできるのはそれくらいなのだ。

「大丈夫です」

「生徒になにかあった？」

「なにも」

「蛍」

完全に箸を置いた彼は、強い口調で私の名を呼んだ。

「……はい」

「俺は蛍の夫だよ。少しくらい頼ってほしい。心配なんだ」

あなたに愛する女性がいたとしても、私には責める資格がないのよ？　どう頼れというの？

心配してくれるの？

「ちょっといろいろ重なって……」

「うん。話せることがあれば聞くぞ。解決できなくても、蛍の心が少しでも軽くなるなら話してみないか？」

この胸のもやもやを打ち明けたら、私はもっと傷つくことになるんじゃないの？　私があなたを好きになってしまったことなんて知らないのだから、あっさり好きな人がいると告白するかもしれないでしょう？

彼はそれから黙り込み、じっと私の言葉を待っている。私はしばらく考えて、幸平くんの話だけはすることにした。

「実は担当している生徒が……」

話そうと思って口を開いたのに、『どんな優秀なドクターでも手術できません』と口にしたときの倉田先生の悔しそうな顔を思い出して、言葉に詰まってしまった。

「ゆっくりでいい」

直秀さんは急かすことなく私をなだめる。

「幸平くん、なんですけど……もう根治は見込めないって。長くて一年だと。それに、治療に耐えたあとの体がボロボロで、あおぞら教室に来る体力もなくて……」

「そうだったのか」

まるで自分のことのように顔をゆがめる直秀さんは、テーブルの上の私の手をそっと握った。

「それで蛍は、一生懸命笑顔でいるんだ」

「えっ？」

「ここのところ疲れた顔をしているのに、俺が視線を向けるたびにとっさに笑顔を作ってる」

それは無意識だ。

幸平くんの前では絶対に笑っていようと決めたので、その癖がついているのかもしれない。

「蛍が壊れたら、幸平くんは困るぞ。少し休んだほうがいい」

「いえ。時間がないんです。彼が望むことは全部叶えてあげたいのに、なかなかできなくて」

せいぜい一緒に空や天気の話をして、手を握るくらいだ。

「なにかしたいことがあるの？」

「屋上に行きたいって。病室の窓からじゃなくて、広い空を見たいって。でも、太陽の光はまぶしいから、お星さまがいいと言うんです。ただ、夜間は看護師さんの手が足りません。あおぞら教室の先生はいくらでも力を貸してくれますけど、医療従事者ではないので急変に対応できないので難しくて」

高原さんに相談して、脳神経外科のナースに掛け合ってもらった。そうしたら手伝いたいと申し出てくれたものの、あの病棟は重症患者が多く、夜間によく発症するせん妄の対応もしなければならないので、幸平くんにつきっきりになるわけにもいかず実現していない。

「そう……」

「でも今日、倉田先生にお願いしたら時間を作ると快諾してくださいました。オペの予定が詰まっているので数日先になってしまうんですけど、きっと実現するはず」

脳外のオペは長時間にわたるケースが多く、夜間まで続くこともよくあるのだ。

見通しは立ったものの、少しでも幸平くんが元気なうちにと気が急いてしまう。

倉田先生と話をして心が落ち着いたはずだったのに、こんなに不安だったんだ、私。

「ごめんなさい。だから大丈夫です」

直秀さんが私の小さな変化に気づいているとは思いもよらず、心配をかけてしまった。

「俺にできることがあれば言って。……実は俺、小さい頃体が弱くて入退院を繰り返してたんだ」

彼は突然自分の話を始めた。

以前入院したことがあるとは話していたけれど、一度だけでなかったとは。

「そうだったんですね」

「俺が入院していた病院には院内学級はなくて、いつも母くらいの歳のナースが『注射頑張れて偉いね』と褒めてくれた。その言葉がどれだけ励みになったか」

そういえば前にも『いつも慰めてくれたナースがいた』と話していたけれど、その人のことだろうか。

「だから蛍たちの存在が子供たちにとってどれだけ大きいのかわかっているつもり。幸平くんにも苦しみに寄り添ってくれる人が必要なんだ。ただ大人になって、その役割を背負う人の心のダメージにも気づかされた。蛍がしていることを心から尊敬する。でも、蛍の痛みを癒す人間も必要だ。それを俺にさせてくれるとうれしい」

これほど優しい言葉をかけられたら、ますます好きになってしまう。

彼の前では大丈夫と繰り返しているものの、本当は少しも大丈夫ではないからだ。日に日に顔色が悪くなっていく大切な教え子を前に、なにもできない無力さに打ちのめされ、いつかやってくる別れの覚悟なんてまったくできず……それでも偽りの笑顔を作り続けるのはかなりしんどい。

けれども一番苦しいのは幸平くん。弱音なんて吐けないと自分を奮い立たせてきた。

「そっか……。すみません、ちょっと……」

大切な自分の生徒の旅立ちが近いと聞いて苦しいのは、おかしくもなんともないんだ。

元気でいなければと思うあまり、いちいち泣きそうになる自分の未熟さにあきれていたけれど、泣いたっていいんだ。

そう思ったら、涙がこぼれてきて止まらなくなった。

すると彼は隣のイスに移ってきて、私を抱きしめる。

「たくさん泣くといい。そうしたらきっと、また頑張れる」

「はい」

やっぱり直秀さんがいてくれると気持ちをリセットできる。私はそれからしばらく涙を流し続けた。


翌日。昼休みになったタイミングで、なんと直秀さんがあおぞら教室に顔を出した。

「どうしたんですか？」

「いつも妻がお世話になっています」

驚く私とは対照的に、彼はにこやかにほかの先生に話しかける。

「旦那さんでしたか。すごいイケメンだとナースが噂してましたけど、本当だった」

喜多川先生がそんなふうに茶化すので恥ずかしくてたまらない。

「そ、それで？」

先生に面会に来たついでに寄ったのだろうかと思ったけれど、彼は小さな箱を私に差し出した。

「これ、部屋に設置できるプラネタリウム。本物には敵わないけど、星空体験ができる」

「……幸平くんのために？」

思いがけないサプライズに目頭が熱くなる。

「それはそれは。真奈香ちゃんのときもお世話になったようで。ありがとうございます」

幸平くんの願いを知っている喜多川先生も頭を下げた。

「とんでもない。妻は少々涙もろくて。少しお借りしてもいいですか？」

「もちろん、どうぞ」

直秀さんは喜多川先生に許可をもらい、私を連れて部屋を出た。そして人気のない土間でそっと抱きしめてくれる。

「泣けるようになったね」

「直秀さん……。でもこれは感激の涙です」

「どんな涙でもいいよ。蛍の涙は全部俺が受け止める。だから、苦しくなったら俺の腕の中で休んで」

そんな温かい言葉は、私の心に響いた。

直秀さんのおかげで気持ちが整った私は、彼と別れたあと早速プラネタリウムを幸平くんの病室に届けた。カーテンを閉めて照明を消した部屋一面に星が瞬いている。

「せんせ、すごい」

幸平くんは点滴がはずせない手を一生懸命ぱちぱちと合わせ、感動を表した。

「すごいね。きれいだね」

私も彼のベッドに頭だけのせて、できる限り同じ目線で楽しんだ。感動も悲しみも苦しみも、全部共有したいからだ。

「蛍せんせ」

「なあに？」

「ありがと」

彼が目を細めて言うので、抱きしめたくなる。

「どういたしまして。倉田先生が屋上に連れていってくれるって。楽しみだね」

「うん！」

倉田先生が『まだ必ず輝ける』と話していたけれど、本当だった。吐き気もあって苦しい思いをしている幸平くんだけど、まだまだこんな弾けた笑みを見せてくれる。

私はもっと彼を喜ばせようと心に決めた。

幸平くんの屋上散策が実現したのは、その週の金曜日。

オペが終わったばかりの倉田先生とナース、そして私で車いすに乗せた幸平くんを屋上に連れていった。

「せんせ。蛍せんせ」

倉田先生を呼んでいるのかと思いきや私だった。

「どうしたの？」

「あれ、夏の大三角？」

隣にしゃがむと、彼はゆっくり手をあげていき、空の高いところを指さした。

「そうだよ。よくわかったね」

「蛍せんせ、教えてくれたもん」

「そっか。覚えてて偉い」

私たちが会話を交わす様子を、倉田先生はにこやかな表情で見ている。

「幸平。あの南のほうの明るい星あるだろ？　あれがアンタレス。さそり座をつくっている星のひとつだ。幸平、さそり座だもんな」

倉田先生が別の星を指さして教えている。

幸平くん、そういえば十一月の初めが誕生日だった。九歳になるその日まで生きられる保証すらない彼を思うと涙があふれそうになったものの、なんとかこらえた。

「倉田せんせ、理科好きなの？」

「幸平と話がしたいから勉強したんだぞ。……幸平、疲れただろ？　今日は戻ろうか」

倉田先生は、幸平くんが小さなため息をついてまぶたを下ろしたのを見逃さなかった。

「嫌だ。まだ見る！」

いつもはだだをこねたりしない幸平くんが、強い拒否の言葉を口にする。

「そっか。それじゃあもう少し」

倉田先生は幸平くんの願いを聞き入れて、それからしばらく空を眺めていた。

幸平くんを病室に戻して倉田先生とナースにお礼をしたあと、二十一時少し前に病院を出ると、メッセージが着信している。

【お疲れさま。終わったら電話して】

直秀さんからだ。

すぐさま電話を鳴らしたらワンコールで出てくれた。

『第三駐車場にいるから、おいで』

もしもという声すらなく聞こえてきた彼の声に、ひどく安心する。

「迎えに来てくれたんですか？」

『今日は甘やかさないと』

幸平くんと屋上に行くから帰りが遅くなると伝えてあったからだ、きっと。

「はい。甘えに行きます」

かりそめの妻だからとか、彼にはほかに想う人がいるとか、今はどうでもいい。甘えさせてくれる彼の腕の中に飛び込みたい。

電話を切ると、急いで第三駐車場に向かった。その足は次第に速くなりいつしか息が上がるほど駆けている。

早く、早く彼に会いたい。

「蛍」

車を降りて待っていた直秀さんは、私を見つけると駆け寄ってくる。そして、まるで私がそうしてほしいのがわかっていたかのように、強く抱きしめてくれる。

「もう泣いてもいい。好きなだけ泣け」

彼の優しい言葉にうなずいた私は、そのまましばらく泣き続けた。

それからどれくらい経っただろう。思いきり泣けたからか気持ちが落ち着いてきた。

「直秀さん、来てくれてありがとうございます」

きっと忙しいだろうに、私のためにずっと待ってくれていたような気がする。尋ねてもそうだとは言わないだろうけど。

「夫なんだから当然だ。蛍、うまいものを食べに行って力をつけよう。幸平くんにはまだまだ蛍が必要だぞ。ほかの子供たちも、もちろん」

「はい」

私は差し出された手をしっかり握った。

このままずっと夫婦でいられたらいいのに――。

彼は『夫なんだから当然だ』と口にするけれど、私たちが契約を終える日は刻一刻と迫っている。

でも、別れを恐れて笑えない日々より、わずかな時間でも彼とともに歩める幸せを噛みしめよう。

そんなふうに思った私は、握った手に力を込めた。

離婚するので抱いてください

屋上に星空を見に行った日から一週間。幸平くんの状態が上向いてきた。

倉田先生曰《いわ》く、精神的な高揚感が腫瘍と闘う力を強くさせているのだろうとのことだった。

画期的な薬を投与したわけではなくても、心の持ちようで免疫が病気と闘ってくれる。そんな奇跡のような現実を目の当たりにした。

そのおかげか、車いすではあるけれどあおぞら教室に来ることができた。

幸平くんを待ち構えていた仲間たちがたちまち彼を囲み、おしゃべりを始める。体力がもたない幸平くんはにこにこ笑いながらうなずいているだけだったものの、とても幸せそうに見えた。

ただ……きっとこれが最後になる。

わずかな間、病気の進行が抑えられても、脳の奥深くにできた腫瘍は消えることがない。

五年後の生存率がわずか二パーセントほどだという幸平くんの脳腫瘍は、これ以上治療法もなく、その日がやってくるのを待つしかないのが現実だ。

その日の午後。最期は家で過ごさせたいという家族の希望で、幸平くんの退院が決定した。

それを喜多川先生から聞いたときは、さすがに顔がゆがんだ。

あおぞら教室で働いている以上、こうしたことがあるのは最初から覚悟しているし、今までにも退院できずに亡くなった子もいた。けれどもきっと、何度経験しても慣れることはないだろう。

「月島先生。大丈夫ですか?」

「私……幸平くんにもっとしてあげられることがあったんじゃないでしょうか?」

喜多川先生に率直な気持ちを吐露《とろ》すると、首を横に振っている。

「幸平くんが月島先生を大好きなのは、いつも全力でぶつかってくれるのを感じていたからですよ。なにが最善だったかなんて誰にもわかりません。でも、月島先生はできる範囲でできる手を尽くした。明日は笑顔で見送りましょう」

「はい」

私は涙をこらえながらうなずいた。

翌日の午前中。

車いすに乗った幸平くんは退院していった。

最後に彼が見せたのは、とびきりの笑顔。直秀さんが用意してくれたプラネタリウムをプレゼントすると「ほんとに？」と大喜びしてくれたのだ。

「また一緒に星を見ようね」が別れの言葉になってしまった。

もしかしたら幸平くん自身、そんな日が来ないことに気づいていたのかもしれない。

「うん！」と明るく言いながらホロリとこぼした涙には、一緒にいたナースも思わず顔を伏せる切なさがあった。

それから私は、あおぞら教室でいつものように明るく授業をこなした。

これが私の役割だ。幸平くんのことは残念で無念で……悔しいばかりだけれど、ほかの生徒たちも常に不安と闘っている。そんな子供たちと笑顔で向き合い続けるのが、私たち教師の使命だ。

すべての仕事をこなして病院を出たあと、ふと足を止めて空を見上げた。

茜《あかね》色に染まった西の空には太陽が沈んでいく。けれども、明日またその姿を見せてくれる。毎日繰り返されるなんでもない日常がこれほど幸せだとは。

「幸平くん……」

ごめんね。弱い先生でごめん。

目を閉じると、涙が頬を伝って下りていった。

涙を拭い駅に到着したとき、「月島さん」という女性の声が聞こえてきた。声の方向に顔を向けると、田原さんがスマホ片手に駆けてくる。

幸平くんのことを考えていたい今日は会いたくなかったな……と思いつつ、とっさに笑顔を作った。

「こんにちは」

「こんにちは。なんだか疲れてます？　クマができてますよ？」

「すみません」

幸平くんの退院を聞いて、昨晩うまく寝つけなかったからだ。

「謝らなくてもいいですよ」

クスクス笑う彼女はいつもテンションが高い。彼女の明るさは決して悪いものではないけれど、今は少ししんどい。

よく喜多川先生が、調子のよくない子が元気な子の隣にいると、元気になるどころか気を吸い取られてしまう。だから安易に同じ空間に同席させてはダメだと話すが、こういうことなのかもしれないと身をもって知った。

「あっ、電話が入ったみたいです。失礼しますね」

私はとっさに嘘をつき、スマホを取り出して彼女から離れた。

しばらく時間を潰してホームに向かったものの、田原さんがベンチにいたので足が止まる。

もう何本か電車が出たはずなのに、どうして？

「月島さん！」

どうやら私を待っていたらしい。彼女は私を見つけてうれしそうに近寄ってきた。

「すみません。お帰りになってくだされば よかったのに」

今日はそうしてほしかったのが本音だ。

「いえ。体調が悪そうだったので心配で。ほら、前に助けていただきましたし」

「……ご心配には及びません。仕事が忙しかっただけですから」

「そうですか。それならよかった」

私たちは滑り込んできた電車に乗り込んだ。

心配してくれたのに帰ってほしかったなんてひどいと反省したものの、隣に座った田原さんがハイテンションで話し始めたので、やはり少しきつい。

「実は彼がね、私の家にネクタイを忘れていってしまって」

「そうですか」

不倫相手の話を隠すわけでもなく楽しそうに語るのは、罪の意識がないからだろうか。

〝彼はもともと私のものだったの〟というような主張が垣間見えるけれど、その男性の結婚相手には失礼だと思い、あたり障りのない相槌だけ打った。

「届けようと思って持って出たんだけど、今日は都合が悪いみたいで」

彼女は膝の上のバッグを覗き込みながら言う。

私も視線がバッグに向いてしまった。次の瞬間、紺地に小紋が入ったネクタイが見えて息が止まる。

あれは……直秀さんがお見合いのときにつけていたネクタイだ。緊張していて視線を合わせられず、のど元ばかり見ていたから間違いない。

ううん、シャツやスーツはオーダーだけど、ネクタイは違う。同じネクタイを持っている人なんてごまんといる。

そう自分に言い聞かせるも、鼓動が速まっていく。

まさか、偶然よね？

「彼、大きな会社の跡取りなの。今は傘下の会社の営業部で部長をしてるんだけど、優秀な人でね」

大きな会社の跡取り？　営業部の部長？

直秀さんがぴったり当てはまり、冷静ではいられない。

「私たち結婚を約束してたんですけど、ちょっと親同士の仲がよくなくて。それで彼、ほかの女性と結婚を決めたの。でもその女性は私との仲を続けていくためのカムフラージュ。いい夫を演じてるみたいだから、奥さん、気づいてないでしょうけど」

親同士の仲がよくないって……彼女はもしや専務の娘？

だとすると、私が直秀さんの妻だと知っていて近づいたのかもしれない。

これは復讐？　あなたは結婚できたけど、直秀さんが本当に愛しているのは自分だと言いたいがために、こんな手の込んだことをしたの？

あのシャツの口紅も、彼女がわざとつけたのではないだろうか。

けれども専務は伴野という名だったはず。彼女は田原だ。

激しく混乱して、頭が真っ白になった。

「それにしても邪魔ね。さっさと別れればいいのに。愛されていないとわかったら、奥さん取り乱すかしら」

彼女はひとり言のようにつぶやくけれど、それが私に向けたものだと思えて仕方がない。

ただ、もしそうだとしても……私と直秀さんが一年限りの契約結婚だとは知らないのだろうか。私たちの間には、最初から愛などなかったのだ。

仮に彼女が話す奥さんが私で、田原さんが伴野さんだったとして……直秀さんはどうして私と結婚なんてしたんだろう。

仕事に集中したいから、縁談を押しつけられるのがうっとうしい。そんな理由で契約結婚を持ちかけられた。

しかし本当はそうではなかったのかもしれない。

結婚の挨拶に津田家に行ったとき、直秀さんはまるを使って専務を追い出した。専務が会社の情報を漏らしたとわかったときも、なんのためらいもなく排除しようとした。

専務には敵対心があるけれど、彼女のことは好き。でも、会社の跡取りという立場上、敵対する専務の娘とは結婚が叶わず、私と結婚したことにして交際を隠したかった？

直秀さんは専務の娘との縁談について、『あんな見え見えの政略結婚、さすがにお断りです』と津田のお父さまの前できっぱり言った。けれど、それも彼女との関係をひそかに続けるための嘘なのかも。

専務に対する強い憤りは、父である専務のせいでその娘と添い遂げられないという怒りもこもっていたとしたらつじつまが合う。

「月島さん？　顔が真っ青だけど、やっぱり体調悪いんじゃ」

私の顔を覗き込む田原さんが心配の声をあげつつも、一瞬頬を緩めた気がしてドキッとする。

「……私に近づいたのはわざとですか？」

単刀直入に尋ねた。こんな真綿で首を絞められたような状態には耐えられない。

すると彼女は一瞬目を見開いたが、かすかに笑みを浮かべる。その勝ち誇ったような表情が気持ち悪くて吐きそうだった。

「なにを言いだすかと思えば」

「あなた、田原さんじゃないですね？」

「ふふふ。どうかしら」

彼女は意味ありげな笑みを漏らす。

やっぱり彼女は専務の娘で、不倫相手は直秀さんに違いない。

「失礼します」

次の駅で電車が止まると、ホームに飛び降りた。そして振り返りもせず階段を駆け上がり、コンコースで呆然《ぼうぜん》と立ち尽くす。

「嘘だと言って……」

かりそめの妻の私がこんなふうに動揺する権利はないとわかっている。けれど、直秀さんを好きになってしまった私は、激しいショックを受けていた。

せめて一年は夫婦でいたかった。ううん。本当はその先もずっと……。

「なんで」

こんな日に。幸平くんのことで心が弱っているところに最後のとどめを刺された気分だ。

私は見知らぬ駅の壁にもたれたまま、しばらく放心していた。

気がつけばマンションに戻っていた。

気力がなくなり玄関に座り込んでいると、まるが体をすり寄せてくる。

「慰めてくれるの？」

そんなふうに問いかけながら、あふれてきた涙を拭った。

本当に、彼女の不倫相手は直秀さんなの？

「あっ……」

とあることをふと思いついた私は、まずは玄関のコート掛けを確認してから直秀さんの寝室に向かった。

書斎は別にあるため、大きなベッドとサイドテーブルがあるだけの殺風景な部屋だ。ただ、広めのウォークインクローゼットがあり、スーツの類はすべてここにしまわれているはず。

私は緊張しながらウォークインクローゼットの折れ戸を開けて中に入る。

もはや何着あるのかわからないスーツはすべてオーダーだ。シャツもずらりと並んでいるが、あの口紅は取れたのだろうか。あのときは見なかったことにしてそのまま置いておいたら、翌日にはなくなっていた。

その奥に行くと、これまた大量のネクタイが並んでいる。

「違う、違う……これじゃない……。お願い、あって」

一本ずつ順に確認していくも、あの小紋柄のネクタイは見当たらない。さっき玄関のコート掛けをチェックしたのは、ノータイで食事をして、玄関でネクタイを締めてから会社に向かうことがあるからだ。数本掛かっているときもあるけれど、今日は一本もなかった。

「ない……。ない……」

どうか見つかって！と祈りながら探したのに、結局どこにもなかった。今日は深いグリーンのネクタイだったので違う。

田原さんが持っていたネクタイが直秀さんのものだと確信してしまい、その場にへなへなと座り込んだ。

するとまるがやってきて、私の膝の上で丸くなる。

「どうしよう、まる。直秀さん、ほかに好きな人がいるんだって。ちょっと優しくしてくれたからって、なに勘違いしてたんだろう。最初から一年後に別れると決まってたのに」

結婚指輪に触れながら、どうしようもない気持ちを口にする。

この指輪を買ってもらったとき、どれだけうれしかったか。『俺のものだって印をつけておきたい』と言われて舞い上がった。

あれからずっと、本当の愛にならないだろうかと期待いっぱいで過ごしてきた。

ふたりで食事をするときは楽しそうだし、私がへこたれているときは嫌な顔ひとつせず話に耳を傾け、励ましてくれる。ときにはあのプラネタリウムのように、彼が率先して動き、私の悩みを軽くしてくれる。

ふたりとも自室にいる時間が長く、普通の新婚夫婦より会話は少ないかもしれない。互いについて知らないことはたくさんある。それでも彼と過ごす時間はとても濃くて、有意義だった。

彼はもともとびきり優しくて、包容力のある人なんだ。私にだけ特別だったわけじゃなく、自然とそうしたことができる人なのだろう。

「はー」

大きなため息をつくと、驚いたのかまるはピョンと飛び下りて出ていってしまった。その日は夕飯を作る気にもならず、自分のベッドの上で膝を抱えてぼーっとしていた。寂しいのかまるが部屋のドアの向こうでひたすら鳴いている。

「おいで」

ドアを開けると脚にすり寄ってくるまるは本当にかわいい存在だ。

「ねぇ、まる。直秀さんは、本当はどんな人なの？　私の知らない顔があるの？」

いくら契約結婚だとはいえ、私を妻という立場に置いておきながら別の女性と堂々と逢瀬《おうせ》を重ねるなんてひどすぎる。

いや……彼は最初に、彼に好意を持たないからこそ私が結婚相手にふさわしいと話していたじゃない。あれは、ほかに好きな人がいるから好きになられては困るという意味だったんだろう。仕事に没頭したいからという理由を鵜呑《うの》みにした私が甘かっただけ。

まるをギュッと抱きしめたとき、玄関のドアが開く音がした。直秀さんが帰ってきたのだ。まるはすぐさまお迎えに行き、ニャーと甘えている。

「ただいま、まる。蛍は？」

リビングの電気を消してあったため不思議に思ったのだろう。直秀さんの足音が私の部屋に近づいてきたので、慌てて布団をかぶって寝たふりをした。

「蛍、入るよ」

少し開いたドアから声をかけてきた彼は、ベッドサイドまで歩み寄ってきた。

「寝てるのか。疲れたよな。よく頑張った」

そんな優しい言葉をかけないで。できた夫の顔は作りもののくせに。本当は一刻も早く離婚したいと思っているんじゃないの？

あぁ、もうなにも考えたくない。早く出ていってほしい。

ギュッと目を閉じて体を硬くしていると、ベッドがギシッと音を立てる。彼が腰かけたのだ。

「……蛍」

彼はまるで愛おしい人の名を呼ぶように甘く、そして優しくささやく。

もう、期待させるような態度を取らないで！

「蛍が子供たちにとって必要な人間なのはわかってる。でも、俺はお前が壊れないか心配だ。蛍は優しすぎる」

彼はそう言いながら、私の頭をそっと撫でた。

私をいたわる発言に胸がいっぱいになり、目頭が熱くなる。

それなら、ずっとそばにいて。甘えさせてよ。

そんな言葉が漏れそうになったけれど、ぐっとこらえた。

優しすぎるのは直秀さんのほうだ。結婚を偽装してまで愛を貫きたい女性がいるのに、ただの契約相手でしかない私のことまで気遣ってくれるなんて。

でも、ときにはその優しさがナイフになるのを知ってる？

優しくされればされるほど、心に突き刺さり血が噴き出してくる。それならどうして私を見てくれないの？という醜い嫉妬心が湧き起こり、心を蝕《むしば》んでいく。

一年の期限付きで、その後は赤の他人に戻ると納得づくでこの結婚を承諾した私が悪いのはわかっている。けれど、誰にでも優しいというのは鋭利なナイフと同じなの！

汚れた感情があふれてきて止まらない。こんな自分が嫌でたまらず苦しくなる。

これはただの直秀さんへの八つ当たりだ。

「ゆっくりおやすみ」

彼は私の頬にそっと触れてから部屋を出ていった。

どうやらあのあと、泣きながら眠ってしまったようだ。目覚めると五時前だった。

まるも眠っているのか、物音ひとつしないのが妙に寂しくて眉間にしわが寄ってしまう。

これじゃあダメだ。しっかりしなくちゃ。

幸平くんは今日も必死に病気と闘っているのに、なにやってるんだろう、私。

こうして健康な体があり、不自由なく暮らせて、やりたい仕事にも携われている。

これ以上を望むなんて、きっと贅沢だ。

自分を鼓舞《こぶ》したものの、なかなか気持ちは上がってこない。

熱いシャワーを浴びようと洗面所に行って鏡を見ると、泣いたせいか目が真っ赤に腫れている。

「子供たちが待ってるのに」

こんな情けない顔であおぞら教室には行けない。恥ずかしくて生徒の前に立てない。私にとって一番大切なのは子供たちだ。

そう気持ちを引き締めた。

直秀さんと顔を合わせるのが気まずくて、彼が起きる前に家を出た。早朝の電車は空いていて、朝日が差し込んでくる。

幸平くんが太陽はまぶしいと話していたが、そうかもしれない。彼は腫瘍のせいで視覚からの強い刺激もしんどかったのだろうけど、気力が低下しているときは強い日光は輝きすぎていて、沈む自分との差に余計に落ち込むのだ。

目を閉じていると、スマホが震えてメッセージが着信した。

【もう出たの？　あまり無理するなよ】

直秀さんは相変わらず私を気遣う言葉をくれる。でも、これ以上好きになる前にどこかで線を引かなければ。

【仕事が溜まっていて。食事作れなくてごめんなさい】

今朝もまるの餌だけ準備して、朝食作りはパスしてしまった。

【そんなことは気にしなくていい。今晩はどこかに食べに行こう。できるだけ早く帰れるようにする】

私を心配してそう言っているに違いない。けれど、彼の望みは仕事に集中すること。そして本当に大切な人との愛を貫くことなのだ。かりそめの妻に尽くす必要はない。

【ありがとうございます】

あまり優しくされるのはつらい。しかし親切を拒否するのもはばかられて、お礼だけしておいた。

その日の午後。授業が終わると、摂食障害の蘭ちゃんが恥ずかしそうに近づいてきた。

「どうしたの?」

「あのね……」

彼女がいきなり差し出した袋には、マフィンが入っている。

「うわー、おいしそう」

「月島先生食べていいよ」

「これは蘭ちゃんのでしょう?」

誰かにもらったのに食べられないのかもしれないと思ったけれど、彼女の表情は意外にもにこやかだ。

「私はもう食べたの。一日に二個はまだちょっと……」

「食べられたの？」

あんなに食べ物を拒否していた彼女が甘いお菓子を口にできたことがうれしくて、つい声が大きくなる。

「うん。高原さんにもらったんだ。前に入院してたお姉ちゃんのお母さんが作ってるんだって」

「あっ、プチレーヴだ」

袋に真奈香ちゃんのお母さんの店の名前が入っている。

「そのお姉ちゃん、好きなものを好きなだけ食べられないって……」

「そうね。病気がひどくならないように気をつけないといけなくて」

「私は食べられるのに食べないなんて、もったいないなと思ったの。それで松村先生に『これ食べても太りませんか？』って聞いたら、『看護師さんたち三つくらい平気で食べてるよ』って」

三つは言いすぎかもしれないけれど、激務のナースたちが甘いものでエネルギーを補充している姿はよく見かける。

それにしても、そんな質問ができるほど気持ちが落ち着いてきたんだ。

「だからひとつだけ頑張った。おいしかった」

彼女がここに来て初めて幸せそうな顔を見せてくれたので感激だ。

「うん。明日食べなよ」

一気に前進した彼女に袋を返したけれど、首を横に振っている。

「たくさん食べるのはまだ怖い。月島先生、いつもそばにいてくれたから、先生にあげる」

「そっか。ありがとう。大切にいただくね」

そう言って受け取ると、彼女はうれしそうに白い歯を見せた。

——私の居場所はここだ。

きっとこれからも目をそむけたくなるようなつらい現実も、悲しい別れもあるだろう。けれどもそれを全部受け止めて、支えられる人間なりたい。

私は改めて自分の気持ちを確認した。

私はひとつの覚悟を胸に、直秀さんからの食事のお誘いを受けることにした。

いつもよりずっと早く帰宅した彼と一緒に向かったのは、あの中国料理店だ。私がリクエストすると快諾してくれたのだ。

「辛ーい」

「蛍もはまったな」

麻婆豆腐を前に直秀さんが微笑む。

「病みつきになりますよね、これ」

ご飯も口に放り込むと、彼は私を見つめて口を開いた。

「元気そうでよかった」

「心配かけてごめんなさい。直秀さんのお仕事の邪魔をしてますよね、私」

今日だって無理して帰ってきたのかも。

「いや。俺が今忙しいのは……。うーん、こんな席で仕事の話もなんだな。とにかく食べよう。俺も腹が減ってるんだ」

彼は小籠包《しょうろんぽう》をひと口で食べ、その熱さに悶絶している。

「大丈夫ですか？」

慌てて水を差し出したものの、すぐに飲み込んでしまった。

「ありがと。でも小籠包はこれが醍醐味《だいごみ》だから」

「火傷《やけど》しますって」

彼と一緒にいると、どうしてこんなに楽しいのだろう。心が弾み、安心して話していられる。

けれど、もう終わりにしよう。これ以上一緒にいたら、離れられなくなってしまう。

しっかり胡麻団子まで楽しんでからマンションに戻った。そして直秀さんに続いてお風呂に入ったあと、意を決して彼の寝室に足を向ける。

「直秀さん」

「どうした？」

すぐにドアを開けてくれた彼は、不思議そうな顔をしている。

私はスーッと大きく息を吸ってから、思いきって彼の胸に飛び込んだ。

「……私を……私を抱いてください」

「蛍？」

自分がとんでもないことを言っているとわかっている。でも、どうしても願いを聞き届けてほしい。

「蛍、お前……」

あきれるような声が耳に届いて、泣きたくなる。

やっぱり私じゃダメなんだ。

絶望と恥ずかしさでいっぱいになりながら離れようとすると、強く抱き寄せられたのでひどく驚く。

「本気か？」

こくんとうなずくと、彼は背中に回した手の力を緩めて私の顎をすくった。

「そんなふうに煽られたら、我慢できないんだけど」

我慢？

ほかの女性を抱いていたくせして今まで耐えていたような言い方をするのは、優しさからだろうか。

「お願い。抱いて――ん……」

もう一度懇願した瞬間、唇が重なった。いきなり深いキスになり、舌と舌が絡まり合う。

「はっ……」

息も吸えないようなキスからようやく解放されると、そこはかとなく色情を纏った表情を見せる彼が、私の濡れた唇を指で撫でた。

「もう後戻りできないぞ」

「はい」

火照った体を持て余す私は、意のままに肯定の返事をした。

彼は私を軽々と抱き上げてベッドに運ぶ。下ろされた瞬間、ギシッとスプリングが軋《きし》む音が響いて緊張が走った。

しかし、そんなことを考えられたのはそこまで。すぐさま重なった唇に翻弄《ほんろう》されて、なにがなんだかわからなくなる。

「ん……」

「蛍、舌出して」

まるで催眠術にでもかかったかのように言われるがままに舌を出すと、彼はそれをいやらしく吸い、軽く歯を立てる。そしてパジャマの裾から大きな手を滑り込ませてきて、直に肌に触れた。

「はっ……」

やがて唇は首筋を這い、徐々に下りていく。もうその頃にはパジャマのボタンははずされていて、白いブラジャーがあらわになっていた。

「すごくきれいだ」

官能的に甘くささやく彼は、私の胸の感触を確かめるように揉《も》みしだく。そして一気にブラをずらし、尖《とが》る先端を口に含んで転がし始めた。

「あっ、はぁっ……」

どうしても声が漏れてしまい、恥ずかしくてたまらない。手で口を押さえたものの、取り払われてシーツに縫いとめられてしまった。

「声、我慢しないで」

「イヤッ」

「それじゃあ我慢できなくするけど」

耳元でささやき耳朶《じだ》を甘噛みした彼は、ショーツの中に骨ばった手を滑らせてくる。

「……あぁっ、や……んっ」

彼の言う通り、まったく我慢できない。

私が甘いため息を漏らし始めると、彼は満足げな顔をする。しかしすぐに真顔に戻って、全身を愛撫《あいぶ》し始めた。

「……ん、はぁっ……」

長い指が這う体はますます敏感になっていき、触れられた場所が熱を帯びてくる。

全身が熱くて燃えそうだ。

「直秀、さん……」

『好き』という言葉を必死に呑み込み、彼のたくましい腕をギュッとつかんだ。すると、再び唇が重なり夢中になって舌を絡め合う。

「蛍」

激しいキスから解放した彼は、切なげな声で名を呼んだあと私を貫いた。

「あぁぁ……っ。は……ぁあっ」

熱く滾《たぎ》るそれに奥を突かれて我を忘れる。

好き。あなたが好き。どうしようもないくらい、好きなの。

感情があふれてくるけれど口には出せない。ただただ彼にしがみついて髪を振り乱す。

「蛍……んっ……」

悩ましげに顔をゆがめる彼は、一心不乱に腰を打ち付けてくる。

これほど余裕のない直秀さんの姿を見たのははきっと初めてだ。でもこれが最後になるだろう。

そう思ったら視界がにじんできて、彼の顔がよく見えなくなった。

「ごめん。激しすぎたか？」

私の涙に気づいた彼が動きを止めてしまう。

「違っ……。もっと、もっとして」

なんてはしたないことを言っているのだろう。でも、なにも考えられなくなるくらいメチャクチャにしてほしい。

一瞬驚いたように目を見開いた彼だったが、「もちろんだ」とささやいたあと再び律動を始めた。

ずっとこうして抱き合っていられたらいいのに。広い胸に包まれて、幸せに浸っていたい。

「はっ……はっ……」

直秀さんは眉をひそめて呼吸を荒らげる。私ももう限界だ。

「あっ、も……ダメッ……んあぁっ」

体の中心に甘い疼きが走った瞬間、彼は欲を放った。

激しい息遣いを隠す様子もなく、ほんのり汗ばんだ体で私を強く抱きしめてくる。

「蛍」

そして優しい声で私の名を口にして、額に唇を押しつけた。

こうやって、あの人も抱いているのだろうか。でも、今だけは私の夫でいてほしい。

そう願う私は、彼の大きな胸に顔をうずめて目を閉じた。

この幸せを決して忘れない。一生そばにいたいと思うほど愛した人と肌を重ねられた喜びを――。

ふと目を覚ますと、枕元にあった直秀さんのスマホが五時を示していた。

隣で規則正しい呼吸を繰り返す彼の顔をまじまじと見つめる。

『好きです』

とうとう最後まで伝えられなかった言葉を心の中で叫び、ベッドを出た。

パジャマを纏おうとすると、体中につけられた印に気がついて少し困ってしまう。

どうして、こんな……。

強い独占欲を感じる行為なのに、心が伴っていないのは残酷だ。これが消えるまで、彼を忘れられないだろう。ううん、この先ずっと……。

部屋を出る前にもう一度彼を見つめる。

「さようなら」

小声でつぶやくと彼が身じろぎしたので、慌てて部屋を飛び出した。

シャワーを浴びて着替えを済ませ、リビングに行く。まるはお気に入りのクッションで丸くなって寝ていたけれど、私に気づいてすり寄ってきた。

「今日はサービスね」

最後の餌はまるの大好きな缶詰だ。皿に出してやると夢中で食べだした。

「まる、ありがとう。あなたがいてくれて、どれだけ癒されたか」

まるの頭を撫でたあと、何度も直秀さんと食事をともにした大きなテーブルの上に、署名した離婚届と毎日つけていた結婚指輪、預かっていたクレジットカードを置き、用意してあった荷物を片手に玄関を出る。

「今までありがとうございました」

そして、泣くのを必死にこらえて玄関に向かって一礼し、鍵をポストに投函した。

電車に揺られている間も、直秀さんの顔が頭から離れてくれない。

せめて一年の期限までは夫婦でいたかった。けれど、直秀さんを愛してしまったと自覚した今、私以外の人に愛情を注ぐ彼と一緒に暮らしてはいけない。

私の前でほかの女性に心を奪われないで。彼女を抱いたその手で触れないで。

そんな醜い嫉妬が抑えられず、いつか爆発してしまうに違いない。彼はきっとそんな私にあきれるはずだ。

そうなってしまうくらいなら、いい思い出で満たされたまま別れたい。そう考えての離婚届だった。

恋愛で心を揺さぶられている暇なんてない。必死に生きる子供たちとともに明日の幸せを探さなければ。このまま結婚関係を続けていると、仕事にまで影響が出てしまう。これでは本末転倒だ。

私は自分にそう言い聞かせて気持ちを落ち着かせようとした。

病院の最寄駅に到着すると、ロッカーに荷物を預けて近くのカフェで時間を潰すことにした。

おそらく離婚届に気づいただろう直秀さんからメッセージや電話が何度も入っていたけれど、それを開くことすらせず電源を落として熱いコーヒーをのどに送る。

「チョコ……」

私がチョコ好きだと話したら、彼はいつも『お土産』と珍しいチョコレートを探して買ってきてくれた。それを、コーヒーを飲みながらふたりでつまむこともあった。

幸せな時間だったな。

契約結婚というものはもっと冷めたものだと思っていたのに、直秀さんはいつも優しかった。私を気遣い、子供たちのことで悩むと真剣に耳を傾けてアドバイスしてくれたし、手まで貸してくれた。

あれほど器の大きな人に出会ったのは初めてだった。

直秀さんとの生活を振り返っていると瞳が潤んできたものの、泣くのはなんとかこらえる。

彼との別れは、苦しくて、悲しくて……胸が張り裂けそうだ。

でも、人を深く愛するという貴重な経験をさせてもらった。恋をしたことがなかったわけではないけれど、これほど胸を焦《こ》がし、そして嫉妬したのは初めてだったのだ。

もうそれで十分。

私にはあおぞら教室という大切な場所がある。

なんでもあきらめずにいろいろな方法を模索する。

直秀さんに教えられた生き方を忘れず、これからも子供たちと一緒に成長していこう。

「よし」

私は気持ちを整えてから病院に向かった。

午前の授業は無事に終了した。

午後は二年生の女の子のベッドサイド授業を担当する。

病棟に行くと、竹内さんがナーシングカートを引いてナースステーションに戻ってきた。

「お疲れさまです」

「お疲れー。ねぇ、聞いたよ。旦那さん昇進するんだって?」

そんな話、聞いていないし、もう私には関係がない。ただ、離婚届を渡してきたとも言えず「えぇ、まあ」と取り繕った。

「さっき、新しい部長さんと先生たちのところに挨拶に来てたよ」

直秀さんが来てたの? ばったり出くわさなくてよかった。

「それは知りませんでした」

「あんな大きい会社の跡取りだなんて知らなかったわよ。知ってたら彼氏から乗り換えたのに。あーぁ、私ったら運が悪いのかしら」

津田紡績の跡取りだと知られたの? ということは、昇進って……ティーメディカルから津田紡績に移るということ?

おそらくすぐに社長とはいかないだろうけど、役員には就任するはずだ。

「そんなこと言って。彼氏さんのこと好きなくせに」

彼女は私を持ち上げようとしているだけだ。

「まあ、そうなんだけど」

竹内さんは舌をペロッと出して、さりげなく惚気てから続ける。

「でもさぁ、津田さん、これまでよく独身を貫けたね。あれだけの家柄の人なら周りの女が放っておかなかっただろうに」

独身を貫いていたのではなく、好きな人との結婚が難しかっただけ。きっと津田の両親と専務との仲が良好だったら、とっくに結婚していたはずだ。

「そう、ですね」

「ま、そんな人をお見合いでゲットしちゃう月島さんって、かわいい顔して実はすごい恋愛上手だったりして」

「まさか！」

声が大きくなってしまい、手で口を押さえた。

「そんなわけないでしょう？」

そして小声で続ける。

「……うん。失礼だけどそうは見えない」

彼女がうなずきながらそう漏らすので、一緒になって笑っておいた。

もっと器用だったら、直秀さんの妻でいられたのだろうか。

けれども、夫に本命の彼女がいると知って冷静でいられる妻なんている？

「授業行かなくちゃ」

「私も検査の時間だった」

私たちは慌ただしくその場を離れた。

その日の仕事は十八時過ぎに終了した。心の中には大雨が降っていたけれど、子供たちの前では沈むことなく笑顔でいられたはずだ。

病院を出て、駅に向かう。

とりあえず今日はホテルに宿泊して、アパートを探さなくては。

気を抜くと直秀さんの顔がチラつき苦しくなるものの、契約の終了が早くなっただけと自分に言い聞かせて踏ん張った。

駅への道を歩いていると、財布を拾ったことを思い出して気分が悪くなる。あれもわざとだったなんて最悪だ。子供の頃によく入院していたというのも、私に近づくための作り話だったのだろう。

「もう全部忘れて」

いたたまれなくなった私は、自分の頭をトントンと叩いてそう口に出した。

「俺は忘れない」

すると、どこからか声が聞こえてきて足が止まる。

「忘れられるわけがない」

「直秀、さん……」

私を待っていたのか、物陰から出てきた彼は目の前に立ちふさがり唇を噛みしめる。

「こんなに愛した女を、どう忘れろと？」

「えっ？」

今、愛した女と言った？

「帰りが遅くなることが多くて寂しい思いをさせたのは謝る。すまない」

いきなり深々と頭を下げられて、戸惑いを隠せない。

「ティーメディカルが単月売り上げ業界一位を達成した。それで、津田紡績に移る決意をしたんだ。昼間はお世話になった担当先に挨拶して回ってたから、社内のことは帰社してからばかりで……」

「そうでしたか。おめでとうございます。私、なにも知らなくて」

彼は帰宅が遅くなった訳を並べるが、私が聞きたいのはそんなことではないのだ。

もちろん、必ず達成すると意気込んでいたティーメディカルを業界一位に押し上げるという目標をこれほど早く実現させたのには驚いたし、ここまで引っ張ってきた彼の能力の高さには脱帽する。部長として走り回っていたのは承知していたので、その引き継ぎに時間がかかったのも納得だ。

ただ、帰りが遅いのをすねて離婚を言いだすほど子供じゃないのよ、私は。

その遅い帰宅の何回かは、あの人と会っていたせいなんでしょう？　シャツに口紅をつけ、ネクタイをはずす行為をしたからでしょう？

離婚届まで置いてきたくせに、彼の口から肯定の言葉を聞くのが怖くてとても尋ねられない。

「ごめん。言い訳がましいな。本当はもっと長期戦で考えていたんだ。だけど、蛍が生徒たちと全力でぶつかっている姿を見ていたら、俺はやれることを全部やっているんだろうかと恥ずかしくなった。津田紡績になかなか移らないのも、歴史ある会社を守っていける力が自分にあるのだろうかと腰が引けていたからなんだ」

直秀さんは私の両腕をつかんで必死に訴えてくる。

こんな未熟な私の影響を受けたというの？　助けてくれたのは彼のほうなのに。

話をする私たちの様子を、周囲の人たちがちらちら見ている。この中には病院関係者もいるはずだ。変な噂が広まっては困る。

「あの……ここではちょっと」

「……そうだな、ごめん。どうかしてるな、俺。場所を移して話をさせてくれないか」

いつもは冷静で、私がどんなにうろたえてもどんと受け止めてくれる彼が、かりそめの妻が残した離婚届でこんなふうに取り乱すのが信じられない。

苦しさのあまり逃げてしまったけれど、やはりきちんと話をすべきだろう。

覚悟を決めてうなずくと、彼は私を近くの駐車場に停めてあった車に促した。

「マンションに戻ってもいい？」

「いえ、ここで」

今朝、あのマンションを出るのがどれだけつらかったか。もう一度あの経験をしたくないと拒否してしまった。

「そっか、わかった」

私のわがままを受け入れた彼は、気持ちを落ち着けるためなのか大きく深呼吸してから口を開いた。

「……蛍。俺はお前とずっと一緒に歩いていきたい。愛してるんだ」

私をまっすぐに見つめる直秀さんは、強い言葉をぶつけてくる。

あの人を愛しているのに、どうして平気な顔でそんな嘘がつけるのだろう。今、離婚されると都合が悪いから？

田原さんとの会話に傷つきすぎている私は、冷めた気持ちで聞いていた。

「私たちの結婚は一年限りなんでしょう？」

「一年だけの結婚だと最初に言ったのは俺だ。あの頃は、結婚というものに興味がまるで持てなくて、生涯独身でいいと思ってた。だけど、蛍と一緒に暮らすうちに、俺は本気で人を好きになったことがなかっただけだと気づいた」

「そんなの嘘よ」

強く否定すると、彼は目を丸くしている。

「嘘じゃない」

「だって直秀さんが本当に結婚したかったのは——」

『ほかの女性でしょう？』と言いそうになりこらえた。

彼の口からあの人の話など聞きたくない。これ以上みじめな思いをするのは嫌だ。

お願いだからこのまま別れてよ。

頭の中がぐちゃぐちゃだ。

「蛍、なに？　言いたいことは言って」

彼は私の腕を握って顔を覗き込んできた。

「もうこれ以上傷つきたくないんです。直秀さんは本当に好きな人と結婚してください」

泣くまいと思っていたのに無理だった。あふれ出した涙が膝の上にぽたぽたとこぼれていく。

「本当に好きな人？　俺が好きなのは蛍だけだ。離婚したくない」

「もう利用されたくないんです。田原さんと……あっ」

勢いで彼女の名前を出してしまい慌てて口をつぐんだが遅かった。

「田原？　田原って誰のことだ？」

そっか。偽名だった。

どう説明したらいいかわからず黙り込んでいると、彼はハッとした表情を見せる。

「……田原って、もしかして伴野さん？」

思いあたる節があるのか、彼は伴野さんにたどり着いた。

「彼女の母親の旧姓がそうだと聞いたような。そうなのか？」

母親の旧姓だったのか。やはり、田原さんは専務の娘で間違いない。

もう隠せないとうなずくと、彼は目を丸くする。

「彼女になにか言われたの？」

全部ばれているのに、今さら白々しい。

きれいに別れたかったのに無理そうだ。こうなったら胸の内を全部ぶつけて、さようならしよう。

私は涙を拭ってから口を開いた。

「直秀さんが好きなのは彼女でしょう？　親同士の仲がうまくいかなくて結婚できないから、私を妻にしてご両親を安心させておいて、こっそり会っていたんでしょう？」

とても彼の顔を見ていられずうつむいて尋ねる。

「まさか……。親同士、対立してるのは事実だ。実家に行ったとき、うちの両親が専務を嫌っているのを見たじゃないか」

それはその通りなのでうなずいた。

「俺、幼い頃入院してたと話しただろう？　腎臓が悪かったんだ」

すると彼は、突然昔話を始める。一体なんの関係があるのだろう。

「治療してよくなっても、再発して何度も入院した。ありがたいことに寛解したけど、寛解するまでは顔色がつねに悪くてひ弱だったし、学校にも通えないから勉強も遅れがちで……とても津田紡績の跡を継げるような息子ではないと、当時、秘書室に勤務していた伴野さんにあざ笑われてたんだ」

「笑われて……？」

病気と必死に闘っている子をバカにするなんてありえない。

冷めた気持ちで話を聞いていたはずなのに、いつしか前のめりになっていた。

「それで、伴野さんは自分が社長のイスに座ろうと考えて根回しを始め、専務にまで上り詰めた。ただ父はあの人の仕打ちを決して忘れていないし、バカにされるたびにかばってくれた母も然り。もちろん、俺も」

それは当然だ。許す必要なんてない。

うなずくと彼は続ける。

「あの人は、周囲の子に比べて勉強が遅れている俺をいつも見下してた。でも、母が家庭教師をつけてくれたからすぐに追いついて、アメリカの大学に進学できたんだ。そこを首席で卒業したら、専務が急に焦りだして」

「首席？」

母国語が異なる海外で、トップの成績で卒業したの？

明治時代から続く大会社の御曹司だと聞いたときは腰が抜けそうになったけれど、なにもかもスケールが違う。

「バカにされるのが悔しくて学んでいたら、自然と」

自然と首席なんか取れるわけがない。すさまじい努力を重ねたのだろう。

「そのあと、手のひらを返したように娘の久美さんとの縁談を持ちかけられた。もちろん今さらだと突っぱねたけどね。最初は娘には罪はないと思って同情してたんだ。だけど縁談を進めようと我が家をふたりで尋ねてきたとき、彼女は目の前に飛び出したまるを思いきり蹴飛ばしたらしいんだ」

彼は顔をしかめてため息をつく。

「ひどい……」

猫が苦手だったとしても、蹴飛ばすなんてやりすぎだ。

「専務の姿を見かけるたびにまるが異常なほどに敵対意識を見せるのが不思議だったけど、まるへのひどい仕打ちを仰木さんから聞いて納得した。久美さんも俺の前ではおしとやかな振りをしていたけど、まるを蹴飛ばしたのが本性だと思った」

「あっ……」

そういえば腹痛だという彼女にトイレを貸したときも、まるは唸り声をあげて威嚇していた。まるは彼女が危険な人物だとわかっていたのだ。

「ネクタイ……」

「ネクタイ?」

私がふと漏らした言葉を拾った彼は首をひねっている。

「あのとき、持っていったんだ。そうだったんだ……」

おそらく玄関にかけてあったネクタイをこっそり持ち帰り、浮気をほのめかせるために私にわざと見せたに違いない。

「どうした?」

「私、久美さんの落とした財布を拾って――」

私は今まであったことを正直に話した。

「なんだそれ。俺が浮気? ありえない。まるを傷つけた彼女だけは絶対に」

「直秀さんのシャツについていた口紅の跡も見てしまって……」

もうすべてを打ち明けて、不安を解消したい。この先、この婚姻を続けるにしても別れるにしても、真実を知らなければ先には進めない。

「そうだったのか。あれは……」

彼はため息をついて眉をひそめる。

「あの日、久美さんから呼び出されたんだ。『奥さんが傷つかないといいですね』と意味深なことを言うから、蛍に手を出すんじゃないかと心配で会うことにした。そうしたら約束の場所に行くなりいきなり抱きつかれて。もちろんすぐに離れたけど口紅はそのときについたんだろう」

私に気づかせるためにわざと口紅の跡を残したんだ。

「最初は穏便に済ませたいと思って、食事をしながら話をした。でも、まったく聞く耳を持たないから『蛍に手を出したらただじゃすまないぞ』と言い残して帰ってきたんだ」

それがあの晩の真相か……。

「彼女に会ったせいか妙な疲労感に襲われて、その夜は早々にシャワーを浴びて寝てしまった。朝になってシャツが汚れているのに気づいて驚いたんだが、まさかそれを蛍が見ていたとは」

彼は悔しそうに唇を噛みしめた。

「信じてもらえないかもしれないけど……」

「信じます」

まるを邪険に扱う人を、彼が好きになるわけがない。そんな確信があって即答すると、彼は目を見開いた。

「浮気を隠そうとするなら、もっと慎重に行動するはずです」

彼は賢い人だ。相手の痕跡が残っているかもしれないシャツを無造作に脱ぎ捨てておいたりはしないだろう。冷静に考えると、そう思える。

「それもそうだけど」

「私、直秀さんを疑ってしまって……。ごめんなさい」

あれほど助けてもらったのに、愛してもらえないと思ったらつらくなってしまった。

「そんな話を聞かされていたなら当然だ。証拠まで捏造《ねつぞう》されていたんだし」

久美さんのやり方は用意周到で、執念を感じさせる。直秀さんが自分以外の人と結婚したのがよほど悔しかったのだろうか。

「俺は蛍に夢中なんだ。最近はどうしたら一年の契約を撤廃できるかとばかり考えていて、まずは蛍に認められる男になろうと決めた。津田紡績に移って、会社を背負って生きていく覚悟を決めたら、ティーメディカルの実績も自然と上がってきた。もちろん、部下の頑張りがあってこそなんだけど」

きっと自分も相当奔走《ほんそう》したはずなのに、部下の頑張りを素直に褒めたたえられる彼は、上に立つにふさわしい人だ。

それにしても、私に夢中って……。本当なの？

「私は直秀さんにたくさん助けられました。精いっぱいやっているつもりでしたけど、どこかあきらめ癖がついているのにも気づかされて……」

真奈香ちゃんのときも幸平くんのときも、もうできることはないと思い込んでいた私に、まだやれることがあると教えてくれた。

「蛍はよくやっているよ。たまたま俺に別のアイデアがあっただけ」

彼は自身も入院生活を送り、そのせいで冷たい言葉を浴びせられた過去があったので、私より子供たちの気持ちに敏感だったのかもしれない。長い入院生活を送る彼らが、どんなことを望み、どんな悔しさを抱えているのかよく知っているのだ。

「俺、竹内さんの代わりに蛍が現れたとき、すぐにあおぞら教室の教師だと気づいた。病棟に行ったときに、親身になって子供たちと接している蛍が印象に残っていたから」

「お見合いのときはすみませんでした」

「いや。相手が蛍で、俺は幸運だったよ。全力で子供たちとかかわっている蛍を見て、自分のときも院内学級があったらよかったのにと強く感じた。優しくしてくれた看護師さんも思い出して、自分の気持ちに共感してくれる人と接しているだけで穏やかな気持ちになれることも知っていた。だから……」

直秀さんはいきなり私の手を握った。彼の左手には結婚指輪が光っている。

「この人とならひとつ屋根の下に暮らしても、日だまりのような温かさを感じられるんじゃないかと期待した」

「えっ……」

「契約結婚を持ちかけたときは、伴野家の行いもあって、結婚自体に不信感があった。利用されてたまるかという意地みたいなものでガチガチだった」

その気持ちは理解できる。久美さんとの縁談は、誰がどう見ても政略結婚だから。

「だから結婚を継続することには消極的で……。でも蛍とかかわるようになってすぐにその気持ちは覆された。さっきも言ったけど、俺は今まで結婚というものへの不信感を覆すほど人を好きになったことがなかったんだと気づいた。蛍を愛してしまったんだ」

「直秀さん……」

彼の葛藤がよくわかるだけに、今の言葉が嘘ではないと感じる。

「俺は蛍と一緒に生きていきたい」

彼は澄んだ瞳で私を見つめる。その強い視線に縛られて、目をそらせなくなった。

「……どうして昨日俺の部屋に来たの？」

唐突に問われて、ひどく焦る。

「あっ、あれは……」

最後に好きな人に抱かれたいという一心だった。けれど、恥ずかしくて言えない。

うつむいて言葉を濁すと、直秀さんはいきなり身を乗り出してきて私を抱きしめた。

もしかしたら、すでに私の気持ちに気づいているのかもしれない。けれど、はっきり言葉で聞きたいのだろう。

彼だって私への愛を示してくれた。それなら私も。

「……直秀さんを、好きになってしまったから」

思いきって告白すると、彼の腕に力がこもる。

「目の前で好きな人がほかの女性を想っているなんて耐えられなくなって、離れようと思いました。でも、最後に一度だけ抱かれたかった……」

「蛍……」

彼は切なげな声で私を呼び、よりいっそう強く抱きしめてくる。

「優しく抱いてやれなくてごめん。蛍から求めてくれたのがすごくうれしくて、たががはずれた」

「ううん」

たしかに我を忘れるほど激しかったけれど、最高に幸せなひとときだった。

「離婚届は破棄してもいい？」

「はい」

そうしてほしい。私に向けられた直秀さんの愛が本物だとわかった今、離れる理由がない。だって、こんなに好きなんだから。

私が返事をすると、彼は離れていく。しかしすぐに顎をすくわれて、唇が重なった。

触れるだけのキスから次第に深くなっていく。

誰かに見られてしまうかもしれないと頭をよぎったものの、すぐにどうでもよくなった。今は彼の愛を感じたい。

息を吸うのも忘れて夢中で舌を絡め合う。

もう離れたくない。ずっと一緒に生きていきたい。

「はっ」

ようやく唇が離れて息を吸うと、彼はもう一度私を抱きしめる。

「まずい。ここで蛍を犯しそう」

「えっ！」

それはさすがに困る。

「俺たちの家に帰ってもいい？」

彼があのマンションを〝俺たちの家〟と表現してくれるのがうれしくてうなずいた。

ロッカーに荷物があると話したのに、「あとで取りに来る。待てない」と彼はすぐ車を発進させた。

でも、私も同意だ。体が火照ってどうにかなってしまいそうだから。

自分の中にこんなはしたない感情があるのに気づいて恥ずかしくてたまらないけれど、触れてほしくて仕方がないのは否定できない事実だった。

マンションに到着すると、少し乱暴に手を引かれて部屋へと向かう。そして玄関に入るとすぐに壁に追いつめられて激しいキスが降ってきた。

「あっ……」

「蛍。好きだ」

彼の想いが苦しいほどに伝わってきて、涙腺が緩む。

何度も角度を変えて唇をつなげる彼は、スカートをまくり上げて私の太ももを撫で始めた。

「シャ、シャワーを……」

「こんなに煽っておいて、我慢できると思ってるの？　ここで挿《い》れたいくらいなのに」

怒り口調で叱られたけれど、本当は私も我慢できない。今すぐ貫いてほしいと体が疼く。

彼は私を軽々と抱き上げて寝室に向かう。途中、私たちに気づいたまるが近寄ってきたが、直秀さんは「あとで餌をたっぷりやるからちょっと待ってろ」と声をかけ、ドアを閉めてしまった。

いつもは頭を撫でてもらえるのに寂しいのだろう。廊下でまるが鳴いている。私も心の中で、ごめんねと謝った。

もう、止められないのだ。この熱は直秀さんにしか収められない。

「好きだ」

彼は甘くささやき、唇を重ねる。

「私も、好き」

彼の首に手を回して応えると、「かわいすぎるだろ」とつぶやいた彼は、私を翻弄しだした。

「あぁっ……」

全身に舌を這わせられて体が溶けそうになる。こんな幸せなセックスがあるなんて。

彼は快楽にあえぐ私に深いキスを落としたあと、一気に貫いた。

「はー。ヤバい。すぐイキそうだ」

官能的なため息をつく彼は、指を絡めて私の手を握り、視線を合わせてくる。

「蛍」

「はい」

「お前は一生俺のものだ。絶対に離さない」

愛されるのがうれしくて、目尻から喜びの涙が流れていく。すると彼はその涙に

そっと口づけをした。

さらに激しくなる行為が互いの息を上げていく。

「あっ……直秀、さ……。もう……んはぁっ……」

「んんっ……」

奥を突かれて達しそうになりたくましい腕を強くつかんだ瞬間、体の奥に熱い欲が放たれた。

散々愛されて放心していると、強く抱きしめられる。

「式、挙げないか？」

「式？」

「そう。実はもう一ノ瀬にドレスをデザインしてもらえるように頼んであるんだ。仕事が落ち着いたら奥さんを連れてこいと言われてる」

「ブランピュールのドレス？　うれしい」

人気ブランドのトップデザイナーが作るドレスを纏えるなんて感激だ。

正直に喜びを表すと、なぜか彼は眉間にシワを寄せる。

なにか余計なこと言った？

「お前の笑顔は俺だけのものなんだ。一ノ瀬のことでそんなに喜ぶな」

あれ？　もしかして嫉妬？

私よりずっと大人だと思っていた直秀さんの、ちょっと子供っぽい姿に頬が緩んでしまう。

「なに笑ってるんだ？」

「わ、笑ってませんよ」

「嘘つけ。嘘をつくのはこの口か？」

おどけた調子でそう言う彼は、もう一度熱いキスを落とした。

幸せな未来のために

直秀さんと気持ちがつながったおかげで、仕事にも気合が入る。

摂食障害の蘭ちゃんが、その日の授業を終えると近づいてきた。

「月島先生」

「うん。どうしたの？」

彼女の腕は折れそうに細いけれど、少しずつ血色がよくなっていてうれしい限りだ。

「あのね……」

彼女はなにか言いたげだが、近くにいた喜多川先生をチラッと見て言葉を濁す。

「ちょっとおいでよ」

ほかの先生には聞かれたくないのだと察して、誰もいなくなった教室に誘った。

「座って。それで、どうしたの？」

「うん。先生、結婚してるんだよね」

「そうね。最近したばかりだけど」

しかもようやく本物の夫婦になれたばかりだ。

「赤ちゃん欲しい？」

「赤ちゃん？」

契約結婚だったから、体の関係もずっとなかった。でも、直秀さんと生きていくと決めた今、そういう人生設計も必要になるのか。

「……そうだね。今すぐっていうわけじゃないけど、好きな人の赤ちゃんは生みたいかも」

正直に答えず濁せばよかったのかもしれない。でも、生徒には嘘をつきたくなくて率直な胸の内を明かした。

「かわいいよね、赤ちゃん」

「蘭ちゃん、赤ちゃん好きなの？」

「うん。私、小さい子が好きで保母さんになりたいんだー。さっき先生に、栄養摂って体調を整えないと生理がこないよって言われて……」

たしかに、摂食障害で苦しむ高校生で無月経になってしまった子がかつていた。彼女は症状の回復とともに生理も再開したはずだ。

「素敵ね、保母さん」

「赤ちゃん生めなくなるのは嫌だなぁと思って。もう少し頑張って食べてみようかなって」

彼女の決意に頬が緩む。

「大賛成！　でも、焦らなくていいからね。食べられないときはそれでいいの。蘭ちゃんはもう十分頑張ってるんだから、食べられない自分が悪いと思ってはダメ」

きっかけはなんであれ、食べようという気持ちを持ってくれたのがうれしい。けれども、あおぞら教室に通う子供たちの中には、チャレンジしてもうまくいかず心を閉ざしてしまう子もいる。そうなってほしくない。

「そうなりそうだったら、月島先生のところに来てもいい？」

「もちろんだよ。いつでも待ってる。今度、あのマフィン買ってくるから一緒に食べよ」

「うん！」

彼女がこんな弾けた笑みを見せてくれたのは、あおぞら教室の一員になってから初めてのことだ。

私は彼女の人生のほんのわずかな期間でもかかわることができて幸せだと感じた。

「赤ちゃんか……」

蘭ちゃんのうしろ姿を見送ったあと、ぼそりとつぶやく。

直秀さんも今は仕事が忙しいし、私も余裕がない。けれど、彼とそういう夢を抱いても許されるようになったのだとうれしく思う。

浮かれてるかも、私。

離婚から一転、結婚の期限が一年から一生に変わったんだから、少しはいいかな？

私は自分のお腹に手をあてて、直秀さんとの未来に思いを馳《は》せた。

夕飯の買い物をして十九時過ぎに帰宅すると、私を追いかけるようにして直秀さんも帰ってきた。

「おかえりなさい。早かったんですね」

まだ引き継ぎ中のはずなのに、私を気遣って仕事を切り上げてきたのではないかと心配になる。

「蛍。出られる？」

「大丈夫ですけど、その前にまるに餌をあげても？」

「あぁ、もちろん」

焦った様子の彼だったけれど、私の足下にいたまるの頭を撫でる。

「お前は蛍を守ってくれるもんな。家の大切な用心棒だ」

きっと久美さんをけん制したことを言っているのだろう。

「まる。ご飯だよ」

キッチンに行って餌を用意したあと、直秀さんに促されて車に乗った。

「どこに行くんですか？」

「今日、津田紡績の臨時株主総会で、専務の解任が決定した」

「え！」

重要なことをさらりと口にするので目を丸くしていると、駐車場から車を発進させた彼は続ける。

「それと並行して、俺の取締役就任が承認された。伴野さんの解任で空席になる専務に着任する」

「いよいよですね。おめでとうございます」

直秀さんは、ティーメディカルを業界一位に押し上げて実力を示した。誰も文句はなかったはずだ。

「ありがと。それで、これを機に方をつけておきたい。仕事に邁進する蛍を邪魔されるのは心外だ」

方をつける？　しかも私関連？

話を聞いても、頭の中は疑問だらけだ。

「久美さんに会いに行く」

「久美さん⁉」

まさかの行動に、自分でも驚くような大きな声が出てしまった。

「このままでは腹の虫が治まらないんだ。彼女が女でなければ、一発殴りたいところだ」

私のために怒ってくれるのがありがたい。

「私は大丈夫です。直秀さんの手を汚さないでください」

久美さんに対する憤りはもちろんあるけれど、直秀さんとの平穏な生活のほうがずっと大切だ。

「……まるを連れてくるべきだったな」

それって、まるに飛びつかせようとしてる？

攻撃的な言葉のオンパレードでびっくりだけれど、それくらい彼の怒りが大きいということだろう。――もしかしたら、だまされた私より。

「直秀さんって、意外と過激なんですね」

「蛍のこと限定だけどな」

真顔で恥ずかしいことを言わないで。私のほうが頬が赤く染まりそうだ。

「それにしても伴野専務、これからどうするつもりだろう……」

ふと気になり、声に出た。

「どうやらみずから辞任して穏便に済ませて逃げるつもりだったらしい。そのあと、今までの伝手でとある会社の役員就任をもくろんでいたようだ」

情報漏洩をしておいて自己都合の退社だなんて都合がよすぎる。しかも、他社の役員就任まで企てていたとは、なんとも図太い神経の持ち主だ。

「ただその会社が三谷商事の取引先で、一ノ瀬にその話を潰してもらった。さすがに三谷商事を敵に回したらこの先商売できないからな」

潰して？

権力って恐ろしい。だからこそ直秀さんのようにそれを正しく使える人が握るべきだ。

「ついでに、情報漏洩をしてクビになるという話を業界中に広めてもらった。津田紡績もそうだけど、三谷商事も取引先の数は半端ないからなぁ。どうなるだろうね」

なんて素知らぬ顔をして言うが、伴野さんの役員就任は二度と叶わないに違いない。役員どころか、職を得られるかどうかもあやしい。

今回のことだけでなく、ずっと直秀さんをバカにし続けてきたのだから、自業自得か。

「怖いな」

全面的に専務が悪いので同情する気はない。けれども、ひとたびにらまれたら人生を棒に振るほどの世界だと思ったら、思わず口からこぼれた。

「世の中、悪事を働いたもの勝ちになるのは気に食わないから、徹底的に潰させてもらう。でも、俺にも頭が上がらない存在がいるんだぞ」

直秀さんほどの人が、頭が上がらないって？　お父さま？

「誰ですか？」

「そんなの、蛍に決まってるだろ」

「は⁉」

なんで私？

驚きのあまり大きな声が出てしまった。

「惚れた弱みというやつだ」

彼は、ははは と笑うが、私は瞬きを繰り返すばかり。

「そんな、陰のボスみたいに言われても……」

「蛍は陰のボスだよ。俺はその護衛だ。なにがあっても守る」

その構図を想像するとおかしいけれど、私を大切に思ってくれているのが伝わってきて笑みがこぼれた。

どこに行くのかと思いきや、到着したのは大きなビルの前だった。

「なんですか、ここ？」

「久美さんが勤める会社」

「えっ！」

彼女はここに勤めているの？　野上総合がある場所とはまるで方向が違う。やはり、私を待ち構えていてわざと財布を落としたんだ。

私を連れて颯爽《さっそう》と中に足を進める直秀さんは、広い玄関ホールでスマホを取り出して電話し始めた。

「津田です。今、玄関です」

その電話から数分。何台もあるエレベーターのひとつから、きれいに髪を巻いた久美さんが満面の笑みを浮かべて降りてきた。

しかし私を見つけた途端、目を真ん丸にしている。

「どうして……」

「デートのお誘い、ありがとうございます。ですが、私には愛する妻がおりますので、このようなことは困ると再三申し上げたかと」

余裕の顔で言い放つ直秀さんと、周囲の視線を気にして眉をひそめる久美さんの姿は対照的だ。

「わかっていただけないようなので、妻に来てもらいました。それと、私のネクタイを返していただけますか？　窃盗罪で警察に告発しますよ」

「窃盗って……」

直秀さんはわざとなのか、周囲に通る声で話し続ける。顔を引きつらせて動揺している様子の久美さんは、「外で話しましょう」と提案してきた。

「いえ、ここで大丈夫です。私があなたと不貞を働いたと妻に嘘をついたそうですね。私はあなたにはまったく興味がないのですが」

あまりに潔く言いきる直秀さんに多くの視線が降り注ぐ。中には足を止めて凝視している人までいて、人だかりができた。

「妻を傷つけた代償は、どう取るおつもりですか？」

直秀さんは淡々と話すが、久美さんに鋭い視線を向けている。

「わ、私はなにも……」

「なにも、なんでしょう？」

直秀さんは、途中で言葉を濁した久美さんをさらに追及する。

「なにも……。奥さんを傷つけたりしてません」

小声での苦し紛れの嘘に、直秀さんはため息をついた。

「そうですか。私のシャツにわざと口紅をつけたり、ネクタイを盗んだりして、妻に不貞行為をにおわせる行動は取っていらっしゃらないのですね」

直秀さんが具体的な事例を口にすると、久美さんは唇を噛みしめてうつむいた。

「……私だって、結婚話がなくなって笑われたのよ」

そして、この期に及んで言い訳のような言葉を口にする。もしかしたら直秀さんとの縁談を周囲に吹聴していたのかもしれない。

「最初から結婚話なんてないのだから当然です。妻に謝っていただきたい」

あきれた様子の直秀さんが正論を言い放ち謝罪を要求したものの、久美さんは顔をしかめるだけで黙り込んだ。

「直秀さん」

このままでは埒《らち》が明かない。それに、これだけ大勢の人の前でさらし者にされては、プライドの高そうな彼女はもうここにはいられないだろう。自分が犯した罪の大きさを思い知ったはずだ。

そう思った私は、直秀さんの腕を引いて前に出た。

「私が話してもいいですか？」

「あぁ」

彼は驚いたように眉を上げたが許可してくれた。

「久美さん」

「……はい」

「今回は、簡単に人を信じてはいけないと勉強させられました。でも……」

あおぞら教室で頑張る子供たちの顔を思い浮かべる。

「それでも私は人を信じます。信じなければ本当の信頼は生まれないから。まっすぐに生きているのに、苦しいばかりの人もいます。あなたは恵まれた環境にいたのに、自分で自分の価値を下げてしまった。このままでは、必要なときに誰も味方がいないというような事態になるんじゃないかと心配です」

もしかしたら、彼女の本性に気づいている人はすでに離れているかもしれない。

「それは……」

「正直、今回は傷つきました。でも、私に謝罪したくないということであればそれでもかまいません。ただ、私以上に心を痛めた夫には謝ってください」

「蛍……」

きっと直秀さんは、自分側の事情で私が傷ついたことに心を痛めている。それが激しい憤りとして表れているのだ。

「ごめんなさい」

もうこれが最後通告だと気づいているのだろう。久美さんはようやく深々と頭を下げた。するとと周囲の人たちがいっそうざわつき始める。

本当に反省しているかどうかはわからないけれど、これだけ注目されて、十分すぎるほどの制裁ではないだろうか。

「失礼します」

振り返ると、直秀さんは怒っていたとは思えないほど優しい表情で私を迎え入れてくれる。彼が差し出した手を握ると、強く握り返された。

久美さんのせいで壊れそうになるまで苦しんだ。目が腫れるほど泣いた。けれども、私は一番大切な人を手に入れられた。

このままずっと怒りを背負って生きるより、直秀さんと笑いながら楽しい未来を築きたい。

久美さんの会社に乗り込んだ翌週。彼女が退職したという一報が届いた。

そもそもあの会社には専務だったお父さまのコネを使って入社したようで、その父が失脚して立場がなくなっていたらしい。そこに直秀さんがとどめを刺したのだ。

「今日、幸平くんの情報が入ったんです」

その週の金曜日。二十時過ぎに帰宅した彼に、玄関で伝える。

「その顔はいい報告だな?」

「はい。自宅に戻ったらクラスメイトが代わる代わるお見舞いに来てくれるようで。幸平くん、笑顔が増えたみたいなんです。そのおかげか病気の進行が止まっていて、退院した頃より元気だと」

刻一刻と最期のときが迫っているのはわかっている。しかし、彼を支える周囲の励ましが力になっているのがうれしい。

「笑うって大事なんだな」

彼は私の腰を抱いてリビングに向かいながら言った。

「そうですね。免疫が頑張れるんだと思います」

私も直秀さんと本当の夫婦になれて、笑顔が増えていると思う。

「俺からもいいお知らせ」

「なんですか？」

「明日、一ノ瀬がドレスのデザインの相談に乗ってくれるってさ」

「本当ですか？」

ブランピュールのトップデザイナーだ。

「うん。それで採寸するから、キスマークつけるなよとくぎを刺された」

「え……」

どんな話をしているの？

「見えないところならいいよな」

「は？」

「つけるなと言われたらつけたくなるだろ」

彼の目が輝いていて嫌な予感がする。

「つけないほうが……」

お笑いの振りじゃないんだから、つけなくていいのよ！

そっと離れようとしたのに許してもらえず、いっそう密着されるありさまだ。

「スイッチ入った。セックスしよう」

「えっ、ちょっ……」

「まる、あとで飯大盛にしてやる。ちょっと待ってろ」

脚にまとわりつくまるにそう言い捨てた直秀さんは、強引に私の手を引いてバスルームに向かった。

「ま、待って……」

問答無用でカットソーを脱がされて、慌てて胸を隠す。するとあっさりスカートを下ろされてしまった。

「蛍、最近ますますきれいになったんだよ。それが俺のせいだと思うとたまんない」

「あっ……」

たちまち色気を放ちだす彼が、いきなりブラをずらして膨らみの先端を口に含むので、体が火照り始める。

「一日中お前を抱いていたい」

「そ、そんな……んっ」

唇を重ねる彼は、自分もシャツを脱ぎ捨ててバスルームに入り、シャワーコックをひねった。

「んはっ……」

声が響くバスルームでは、いつも以上に気持ちが高ぶってしまう。直秀さんも同じようで、体の隅々に手を滑らせたあと、私の指にいやらしく舌を巻きつけて官能的な表情を見せる。

「蛍が俺だけのものなんて最高だ」

「直秀、さん……」

「幸せにする。約束だ」

「……はい」

改めてのプロポーズのような言葉に、感極まって視界がにじんでくる。

彼と夫婦になれてよかった。たとえ苦しいことがあっても、彼が隣にいてくれれば乗り越えていける。私は自分が信じた道をがむしゃらに走るだけでいい。

「あぁ……っ」

向き合って立ったまま一気に貫かれて、背中がしなる。

「好きだ、蛍。一生離さない」

彼はそうささやくと激しく突き上げ始めた。

結婚式当日は、私たちの門出を祝うかのような晴天が広がっていた。

正式に津田紡績に移った直秀さんは、的確な判断力と行動力で社長をサポートして、メキメキと頭角を現しているという。

今日の出席者には津田紡績の関係者が名を連ね、とんでもなく大きな式になってしまった。

アメリカから私の両親と弟の一輝も駆けつけ、直秀さんと念願の初対面。一輝が、「まさか蛍が結婚するとは」と少々失礼なことを言うのでにらんでおいた。もちろん、笑みを浮かべる彼が祝福してくれているのはわかっている。

心が通じ合ってから、直秀さんは絶対に心配してるからと両親に何度も電話を入れてくれた。国際電話だというのにいつも長くなってしまい気を揉んだけれど、『こんなに幸せな気分になれるんだから安いものだ』と話した。

当初、なぜ両親と話をすると幸せな気分になれるのか理解できなかった。ところが、そのうち映像付きの通信になり、私も直秀さんの隣で話を聞くという拷問《ごうもん》が始まったら、その理由が判明した。父が私の自慢話を延々としていたのだ。どうやら直秀さんはそれを聞くのがうれしかったんだとか。

海外生活が長い両親は、他人を大げさなまでに褒める癖がある。

謙虚な姿がよしとされがちな日本の風習を考えると、直秀さんが内心引いているのではないかと心配したけれど、彼自身もアメリカに留学していた経験があるせいか好意的に受け止めてくれたのでとても助かった。

照れくささはあるけれどポジティブな両親は嫌いではないし、おかげで私も一輝ものびのびと成長できたとは思う。

そうした交流を続けてきたからか、両親とは初対面でも打ち解けていて、いきなりハグを交わすほど。

私も津田の両親とは仲良くしてもらっていて、まるを連れて時々顔を出しに行き楽しい時間を過ごしている。

契約結婚から始まった私たちの関係だけれど、理想的な夫婦になれる予感がしている。

挙式は、ホテル『アルカンシエル』の大聖堂で。ブランピュールのトップデザイナーが手がけたオーダードレスを纏うという、なんとも贅沢なものになった。

ビスチェタイプのクラシカルなデザインのドレスに、長いバージンロードに合わせた五メートルもあるロングベール。あこがれのドレスに身を包み、大好きな旦那さまと永遠の愛を誓う。

息苦しいほど緊張したものの、最高に幸せなひとときだった。

感動の余韻に包まれていたいけど、すぐに披露宴が待っている。

お色直しに向かおうとすると、「蛍ちゃん！」と声をかけられてそちらに視線を向けた。

「どうして？」

披露宴会場前のスペースに、あおぞら教室を巣立っていった子供たちが十人ほど並んでいたのだ。私を呼んだのは真奈香ちゃんだった。

「蛍の宝物だから、呼ばないわけにはいかない」

直秀さんは子供たちを優しい眼差しで見つめる。

彼女たちを呼ぶなんてひと言も言わなかったくせに、彼が招待してくれたんだ。

「行っておいで」

「はい」

彼に背中を押されて子供たちのところに向かった。

「皆、来てくれてありがとう」

どの子も入院中には少なからずつらいことや苦しいことがあったが、今日は笑顔が弾けていてホッとする。

「蛍先生きれい！」

「お姫さまみたい」

「ふわふわ。触ってもいい？」

あちこちから声が飛び、そのたびにうなずく。

「隆司《たかし》くんに、香里《かおり》ちゃん。雅也《まさや》くん、潤《じゅん》くん、秋穂《あきほ》ちゃん」

「すごーい。覚えてるの？」

子供たちの名を順に呼んでいくと、去年あおぞら教室に通っていた小学校二年生の雅也くんが驚いている。

「あたり前でしょ。皆、私の大切な生徒なんだよ」

「蛍ちゃん、おめでとう」

彼らを代表してなのか、年長者の真奈香ちゃんが大きな花束をくれた。

「ありがとう」

「私の次にかわいいよ」

おどけた様子で話す彼女の顔色もいい。食事制限は続いているはずだけど、きっと孝也くんの存在が励みになっているに違いない。

「あはっ、ありがとう」

「あとね、これ」

彼女は私にかわいらしい花柄の封筒を差し出してきた。受け取って中を確認すると、手紙が入っている。

それを広げて読み始めると、こらえきれずに涙がこぼれてしまった。幸平くんからだったのだ。

【ほたる先生、けっこんおめでとう。大好き。幸平】

病状は落ち着いているとはいえ、きっとこれだけの文字を書くのも大変だっただろう。

あまりもたないかもしれないと宣告された幸平くんが、命をつないでいてくれるのがうれしくてたまらず、そんな彼から祝福の言葉をもらえたのが感激だった。

「わー、ヤバ。旦那さーん。蛍ちゃん泣かせちゃった」

真奈香ちゃんが直秀さんを呼んでいる。すると彼はすぐに近寄ってきて私の頭をトントンと優しく叩いた。

「うちの奥さん、涙もろくて」

「やー、奥さんだって」

真奈香ちゃんが茶化してくるので恥ずかしい。

「蛍は、君たちの頑張りにいつも感激してる。今日は来てくれてありがとう」

直秀さんが子供相手でも丁寧に腰を折ってくれるのがうれしかった。

ホテルの一番大きな宴会場で行われた披露宴も無事に終わり、その日はスイートルームに宿泊した。

「いい式だったね」

挙式の疲れを癒すために広いお風呂に入ったあと、リビングルームのソファで、ワイングラスを傾ける直秀さんが漏らす。

バスローブのはだけた襟元からたくましい筋肉が見え隠れしていて、なんとなく目のやり場に困ってしまう。もう何度も体を重ねているのに、いつまで経っても慣れるということはないらしい。

「はい。圧がすごかったですけどね」

披露宴のとある一角は、津田紡績関係の招待客ばかりだった。どこかの会社の社長だとか重役だとかいう、そうそうたる顔ぶれだったのに、直秀さんはまったく動じず笑顔で私を紹介してくれた。

彼のどこがぼんくらなんだか。夫としてはもちろんだけど、大企業のトップに立つために生まれてきたような聡明な人だ。

「顔、引きつってたな」

彼は私の頬をつかんで笑う。

「もう！ 直秀さんみたいに慣れてないんですから！」

「俺も緊張したぞ」

「嘘ばっかり」

大聖堂での式のときも余裕だったし、披露宴の挨拶なんてメモを見ることすらなく済ませてしまうし、緊張なんてまったく見られなかった。

「嘘じゃない。蛍の大事な生徒たちに、こんな男に蛍をやりたくないと思われたらどうしようかと」

「え？」

緊張したって、子供たちと面会したときの話？

「子供は素直だから。愛想笑いなんてしないだろうし、嫌ならあからさまに顔に出る」

たしかにそうかもしれないけれど……。

「直秀さんのことを嫌う子なんていませんよ。こんなに優しいのに」

そう伝えると、彼はワイングラスをテーブルに戻した。

「蛍って、涼しい顔して煽るんだね」

「あぁ、余裕なのか。俺を手のひらで転がして笑ってる？」

「まさか！」

転がっているのは私でしょう？　あなたの言動ひとつで心が揺れるのに。

「でも俺、蛍にいつもドキドキさせられてるんだ」

彼は私の手を自分の心臓に持っていく。

「俺がどれだけ蛍を好きかわかる？」

「えっ……あのっ……」

情欲を纏った目で見つめられて、視線をそらせなくなった。

「少し触れるだけで、キスしたくなる」

私の下唇を指でなぞった彼は、あっという間に唇を重ねる。

「ん……」

「甘い声を聞いただけで、メチャクチャに犯してしまいたくなる」

「あっ……」

ソファに押し倒されて、声が漏れた。

私を見下ろす双眸《そうぼう》がとんでもない色香を放っていて、息を呑む。

「煽る？」

「ドレス姿、最高にきれいだった。でも、ほかのやつらに見せたくなかった」

そんなちょっと行きすぎな独占欲をうれしいと感じる私はおかしいだろうか。

「直秀さんだって、素敵でした。誰かが直秀さんを好きになっちゃったらどうしようと――」

「俺は蛍だけだ。蛍にしか欲情しない」

私の言葉にかぶせるように愛をささやかれ、胸がいっぱいになる。

「……私だって直秀さんだけが好き」

私もあなただけ。あなたしかいらない。

「やっぱり煽ってる？　かわいくてたまんない」

彼は大きな手で私の頬に触れ、悩ましげな表情を見せる。

煽っているのはあなたでしょう？

「いつか、蛍の子が欲しいな」

「子供？」

「蛍はいらない？」

その質問にすぐさま首を横に振った。

「欲しいに決まってます」

もちろん、欲しい。彼に似た、聡明で正義感あふれる子が生まれてきてくれたらうれしいな。

「そう。よかった。蛍と一緒にいると、幸せがどんどん増えていく」

直秀さんはうれしそうに目を細めるけれど、それは私のセリフだ。彼の隣を歩けるのがどれだけ幸せか。

「今日はとろとろに溶かしていい？」

不敵に微笑む彼は、私のバスローブの襟元を開き、唇を押しつけたかと思うと強く吸い上げた。

END

あとがき

満を持して？津田の登場でしたが、お楽しみいただけたでしょうか。津田家のお話の始まりは明治時代にさかのぼります。長い年月を経ても津田紡績は発展を見せているようです。『敏腕パイロットとの偽装結婚はあきれるほど甘くて癖になる』では蛍の弟、一輝が活躍しておりますが、そこでちらりと津田の名前を出しましたら、すでに反応してくださった読者さまがちらほら。やっぱり来た！とにんまりしていただけたらうれしいです。

おなじみの野上総合病院ですが、今回は院内学級を取り上げてみました。私は小学生の頃、虫垂炎の手術をしたときに入院を経験しました。一週間ほどの入院でしたが、心細くて注射が嫌で泣いてばかりいた記憶があります。たった一週間で、しかもさほど大きな手術でなくてもそう。もっと大変な治療に取り組み、長く入院している子供たちを想うと、その頑張りには頭が下がります。入院やその他の事情で学校に通えない子たちの中には〝ほかの子たちはできているのに、自分はできないダメな人間だ〟というような自己否定が止まらなくなり、自信をなくしてしまう子もいます。必死に頑張る子供たちがそうならないためにも、周りの人間が彼らの頑張りを認められるような寛容な心を身につけられるといいですよね。私も気をつけたいと思います。

実は私も教員を目指していた時期があります。教員免許は取得したものの結局ならなかったのですが、もう一度人生をやり直せるならまた目指すかも。（ちょっと医師にもあこがれていますが）大変なお仕事ですので私にできるかどうかはわかりませんけど、子供たちの成長をお手伝いできたらうれしいなと思います。

この作品をお手に取ってくださいました皆さま。出版にご尽力くださった関係者さま。ありがとうございました。さて、次は誰が登場するでしょうか。またお会いできる日を楽しみにしております。

佐倉《さくら》伊織《いおり》

佐倉伊織先生への
ファンレターのあて先

〒104-0031
東京都中央区京橋1-3-1
八重洲口大栄ビル7F
スターツ出版株式会社　書籍編集部　気付

佐倉伊織先生

本書へのご意見をお聞かせください

お買い上げいただき、ありがとうございます。
今後の編集の参考にさせていただきますので、
アンケートにお答えいただければ幸いです。

下記URLまたはQRコードから
アンケートページへお入りください。
https://www.berrys-cafe.jp/static/etc/bb

この物語はフィクションであり、
実在の人物・団体等には一切関係ありません。
本書の無断複写・転載を禁じます。

離縁するつもりが、極上御曹司はお見合い妻を逃がさない

2022年7月10日　初版第1刷発行

著　　者　佐倉伊織
©Iori Sakura 2022
発 行 人　菊地修一
デザイン　hive & co.,ltd.
校　　正　株式会社鷗来堂
編集協力　妹尾香雪
編　　集　須藤典子
発 行 所　スターツ出版株式会社
〒104-0031
東京都中央区京橋 1-3-1　八重洲口大栄ビル7F
TEL　出版マーケティンググループ　03-6202-0386
(ご注文等に関するお問い合わせ)
URL　https://starts-pub.jp/
印 刷 所　大日本印刷株式会社

Printed in Japan

乱丁・落丁などの不良品はお取替えいたします。
上記出版マーケティンググループまでお問い合わせください。
定価はカバーに記載されています。

ISBN 978-4-8137-1292-3　C0193

ベリーズ文庫 2022年7月発売

『最愛ベビーを宿したら、財閥御曹司に激しい独占欲で娶られました』 伊月《いづき》ジュイ・著

イギリスを訪れた陽芽はスリに遭ったところを、経済的貢献により英国王室から「騎士」の称号を与えられた御曹司・志遠に助けられる。庇護欲から手を差し伸べたはずの彼は、ピュアな陽芽に惹かれ情熱的に迫ってきて!? 「陽芽の全部を手に入れたい」独占欲全開で愛を注ぐ志遠に陽芽は身も心も溶かされ…。

ISBN 978-4-8137-1288-6／定価737円（本体670円＋税10%）

『因縁の御曹司と政略結婚したら、剥き出しの愛を刻まれました』 宝月《ほうづき》なごみ・著

香木を扱う卸売問屋の娘・和華は、家業の立て直しのため香道家・光圀と政略結婚する。実は幼い頃に彼の不注意で和華が怪我をする事故があり、その罪滅ぼしとしても娶られたのだった。愛なき新婚生活のはずが、ひょんなことから距離が縮まり…「君が欲しい」――彼から甘く痺れる溺愛を注がれて…!?

ISBN 978-4-8137-1289-3／定価704円（本体640円＋税10%）

『敏腕パイロットは純真妻を溢れる独占愛で包囲する』 皐月《さつき》なおみ・著

大手航空会社でグランドスタッフをしている可奈子は、最年少で機長に昇格した敏腕パイロット・総司と結婚した。順風満帆の新婚生活のはずが、あることをきっかけに実は偽装結婚だったのではと疑いはじめる。別れを決意するも…「君を一生放さない」――なぜか彼からありったけの激愛を注がれて…!?

ISBN 978-4-8137-1290-9／定価715円（本体650円＋税10%）

『激情に目覚めた御曹司は、政略花嫁を息もつけぬほどの愛で満たす』 蓮美《はすみ》ちま・著

社長令嬢の千花は失踪した姉の身代わりで、御曹司の颯真と政略結婚する。初恋相手の彼と結ばれ淡い幸せを感じるものの、愛のない関係を覚悟していた千花。ところが、新婚旅行での初夜、颯真は「もう抑えられない」と溺愛猛攻を仕掛けてきて…!? 「第5回ベリーズカフェ恋愛小説大賞」大賞受賞作!!

ISBN 978-4-8137-1291-6／定価704円（本体640円＋税10%）

『離縁するつもりが、極上御曹司はお見合い妻を逃がさない』 佐倉《さくら》伊織《いおり》・著

院内学級の教師として働く蛍は、あるお見合いの代役を務めるが、お相手の津田に正体がバレてしまう。怒られるかと思いきや、彼は一年間の契約結婚を持ち掛けてきて…!? かりそめの結婚生活が始まるも「俺のものだって印をつけたい」――なぜか彼は蛍を本物の妻のように扱い、独占欲を刻みつけて…。

ISBN 978-4-8137-1292-3／定価737円（本体670円＋税10%）